해석의 정치학

- '병사의 노래' 연구사 비판 -

박상현

Publishing Company

'일원화'를 넘어 '다원성'의 회복으로

현대를 사는 일본인들은 대개 일본민족을 단일민족이라고 생각하고 있지만 일본 역사를 조망해 보면, 일본민족을 규정했던 민족론으로는 단일민족론과 혼합민족론이 시소게임을 하듯이 반복되어 왔다. 즉 일본이 서구의 충격에 노출된 시기에는 단일민족론이 우세했고, 대 일본제국시대에는 혼합민족론이 주류를 이루었다. 그러다가 패전 후인 제2차 대전 후에는 단일민족론이 다시 주도권을 잡았다.

이와 같은 일본민족론에 대한 연구에는 크게 2가지의 접근 방법이 있을 수 있다. 하나는 단일민족론과 혼합민족론 가운데 어느 것이 타당한가를 묻는 것이다. 또 다른 하나는 이런 양자택일이 아니라 각각의 민족론이 배태되고 인식되게 된 배경을 문제 삼는 것이다.

본서에서 필자의 관심은 어떤 대상에 대한 특정한 견해가 옳은가 혹은 그렇지 않은가에 있지 않다. 오히려 왜 그 시기에 그와 같은 견해가 발생했는가에 있다. 즉 '해석'을 가치중립적인 것이 아니라 정치적인 것으로 간주하고, 그 정치성을 파헤치고자 하는 것에 있다.

●●●●●
일러두기

*

본서에서는 일본문학작품에 관한 연구사 가운데 구체적으로 하나의 연구사를 선택하여 거기에 나타난 해석의 정치학에 대해 생각해 본다.

이 책은 크게 4부로 구성되어 있다. 제1부에서는 일본에 현존하는 가장 오래된 시가집인 『만엽집万葉集』에 실려 있는 병사의 노래防人歌에 대한 연구사를 검토하여 거기에 나타난 정치성을 살펴볼 것이다. 그리고 '병사의 노래 연구사'라는 '거울'을 통해 일본인의 멘탈리티와 일본사회를 엿보고자 한다. 한편 병사의 노래에 관한 보론으로 이루어진 제2부에서는 다음과 같은 것을 다룬다. 즉 병사의 노래에 관한 전근대의 수용사, 병사의 노래의 서정세계, 병사의 노래에 관한 연구사를 언급하면서 현대 일본을 비판하는 글, 병사의 노래에 관한 일본인 연구자와의 대담을 모았다. 제3부에서는 병사의 노래 작품군을 실었고, 마지막으로 제4부에서는 부록을 두었다.

본서의 내용은 「천황에 충성을 다짐하는 병사防人의 노래-그 전통의 창출과 폐기, 그리고 재창출의 가능성-」(『일본학보』, 한국일본학회, 2004년) 등에서 시작된 일련의 글을 토대로 하여 작성된 것이다. 하지만 그 사이에 필자의 생각이 바뀐 부분도 있고 새롭게 추가된 내용도 적지 않다. 다시 말해서 이 글은 자기 글에 대한 재해석이라는 성격을 지닌다. 따라서 독자들은 본서를 병사의 노래에 관한 필자의 최종적인 결론이라고 간주해도 좋다.

이 글의 목적은 필자가 지금까지 고민해 왔던 병사의 노래에 관한 일련의 글을 '현시점'에서 정리하는 데 있다. 그리고 본서를 통해 필자가 평소 고민해 왔던 '해석의 정치학'에 대해 독자와 함께 생각해 보는 데 있다.

　필자의 문제의식을 전체적으로 조망하고자 하는 독자라면 '제2부 3'과 '제1부'를 먼저 읽는 것도 좋을 것이다. 한편 일본문학연구와 관련된 한·일 연구자의 견해에 관심이 있는 독자라면 '제2부 4'를, 병사의 노래에 관한 전근대의 수용사에 흥미를 가지고 있는 독자라면 '제2부 1'을, 병사의 노래를 작품론적으로 접근해 보고 싶은 독자라면 '제2부 2'를 각각 우선적으로 읽는 것도 본서를 이해하는 데 다소 도움을 줄 수 있을 것이다. 특히 일반 독자라면 '제2부 4'와 '제2부 3'을 먼저 읽었으면 한다. 이것만 참조하더라도 필자가 이 책에서 무엇을 말하고자 했는지를 파악할 수 있을 것이다.

*

　먼저 필자의 기획을 이해해 주고 출판을 도와준 『제이앤씨』와 본서의 첫 번째 독자가 되어 준 서회진 선생님과 조혜진 선생님께 고마움을 전한다. 교육과 연구를 하기에 부족함이 없는 환경을 제공해 주고 있는 경희사이버대학교에도 이 자리를 빌려 감사드린다. 마지막으로 필자를 늘 응원해 주고 격려해 주고 있는 아내인 토모코知子와 우리 대학의 학생들에게도 고마움을 표한다.

■ 목 차

* 책머리에 / 3

* 일러두기 / 4

제1부 해석의 정치학 / 11

01 들어가면서 ··· 13

02 『만엽집』과 병사의 노래 ··· 15

03 병사의 노래를 인식하는 3가지 시선 ····················· 23

   1 요시노 유타카의 '병사의 노래' ··························· 23

   2 마스다 카쓰미의 '병사의 노래' ························· 37

   3 미사키 히사시의 '병사의 노래' ························· 42

04 나오면서 ·· 55

   '일원화'를 넘어 '다원성'의 회복으로 ······················ 55

제2부 병사의 노래에 관한 보론 /59

01 병사의 노래 수용사 : 전근대 ································· 61

   1 들어가면서 ·· 61

　　2 나라시대의 '병사의 노래' ································ 62

　　3 에도시대의 '병사의 노래' ································ 70

　　4 나오면서 ·· 75

02 병사의 노래의 서정 세계 ································ 77

　　1 들어가면서 ·· 77

　　2 병사의 노래의 서정 세계 ···························· 78

　　3 나오면서 ·· 90

03 병사의 노래와 현대 일본 비판 ····················· 93

　　1 '병사의 노래'의 어제와 오늘 그리고 내일 ·············· 93

　　2 일본인에 대한 상반된 이미지 ······················· 99

　　3 한국과 일본의 국가주의 ··························· 100

　　4 한일 양국의 우호증진을 위하여 ···················· 103

04 병사의 노래에 관한 한·일 연구자의 대담 ············· 105

제3부 병사의 노래 작품군 /121

제4부 부록 /179

01 일본어 원문(1) ···································· 181

02 일본어 원문(2) ···································· 189

* 참고문헌 / 203
* 찾아보기 / 205

●●●●●
일러두기

1. 일본 지명과 인명 등은 기본적으로 외래어(일본어) 표기법에 따랐다.

2. 일본 지명과 인명이 처음 나올 때는 우리말과 한자를 같이 썼고, 두 번째 부터는 우리말만 표기했다. 또한 지명의 표기 가운데 '대마도對馬島'와 같 이 이미 굳어진 표기는 우리식 한자 읽기로 나타냈다.

3. 『만엽집』의 노래 번호歌番号는 일본의 구국가대관旧国歌大観 번호를 따랐다.

4. 연도는 서기로 표시했다. 필요한 경우에는 괄호 안에 연호年号도 병기했다.

5. 『만엽집』의 작품 가운데 짧은 노래歌인 단가短歌를 우리말로 옮길 때에는 시적 감각을 살리기 위해 기본적으로 한 음보를 한 행으로 했다. 단, 단가 와 달리 비교적 긴 노래인 장가長歌는 서사성을 고려해서 한 음보를 한 행 으로 하지 않았다.

6. 본문 중에 간간이 보이는 고딕체 등과 같은 강조 표시는 필자가 한 것이다.

7. '한자·가나 혼합문読み下し文'과 원문은 각각 다음과 같은 것을 참조했다.

   한자·가나 혼합문 : 小島憲之·木下正俊·東野治之『新編日本古典文学全 集万葉集』(小学館, 1996年)

   원문 : 鶴久·森山隆(編)『万葉集』(おうふう, 1995年 중판)

제1부

해석의 정치학

01 들어가면서

02 『만엽집』과 병사의 노래

03 병사의 노래를 인식하는 3가지 시선
    1 요시노 유타카의 '병사의 노래'
    2 마스다 카쓰미의 '병사의 노래'
    3 미사키 히사시의 '병사의 노래'

04 나오면서
    '일원화'를 넘어 '다원성'의 회복으로

본서에서 다룰 것은 현존하는 일본에서 가장 오래된 시가집인 『만엽집万葉集』에 실려 있는 병사의 노래防人歌에 관한 연구사이다. 여기서는 병사의 노래에 관한 연구사를 편의적으로 아시아·태평양전쟁기, 아시아·태평양전쟁기 이후(=전후 혹은 패전 후)로 나누어서 고찰하고자 한다. '아시아·태평양전쟁기'란 1931년 9월 18일의 만주사변에서부터 1945년 8월 15일 일본 패망까지의 시기를 가리킨다.

필자가 아시아·태평양전쟁기를 중심으로 하여 병사의 노래에 관한 연구사를 검토하고자 한 것은 이 시기를 전후로 그것에 관한 연구자들의 입장이 크게 변하기 때문이다. 따라서 하나의 입장을 지지하는 연구자의 인식을 명확히 파악할 수 있기 때문이다.

제1부는 4장으로 이루어져 있다. 제2장인 '『만엽집』과 병사의 노래'에서는

『만엽집』과 병사의 노래에 관한 개괄적인 설명을 할 것이다. 제3장인 '병사의 노래를 인식하는 3가지 시선'에서는 기존 연구가 병사의 노래를 어떻게 인식해 왔는가를 구체적으로 살펴볼 것이다. 다시 말해서 아시아·태평양전쟁기와 전후의 일본에 어떤 문제가 있었는지, 그리고 일본문학연구자 특히『만엽집』연구자는 병사의 노래 연구를 통해 그것에 어떻게 대응하고자 했는지를 고찰할 것이다. 제4장인 마지막 장에서는 병사의 노래에 보이는 3가지 시선이 어떤 작동원리 하에서 성립하고 있는가를 밝힐 것이다. 그리고 앞으로 병사의 노래를 어떻게 인식해야 하는가에 대한 필자 나름의 제안을 하고자 한다.

결국 제1부에서는 병사의 노래에 관한 연구사를 검토함으로써 거기에 담겨져 있는 해석의 정치성을 다룬다.

02 『만엽집』과 병사의 노래

『만엽집』은 모두 20권으로 되어 있다. 작품 수는 약 4500여 수에 달한다. 성립 연대 및 편자에 관해서는 설이 분분하지만 나라시대(奈良時代 : 710년~784년) 후기에 오토모노 야카모치(大伴家持 : 717년~785년)가 현재와 같은 형태로 편찬했다고 보는 설이 가장 유력하다. 다시 말해서 이 시가집은 칙찬집勅撰集과 같이 일관된 방침 아래 한 사람 또는 몇 사람에 의하여 성립된 것이 아니기에, 그 성립에 관한 논의는 결코 쉬운 테마가 아니다. 또한 『만엽집』의 경우 나라시대에 성립된 원본 『만엽집』이 현존하지 않고, 그 대신 적지 않은 사본과 판본만이 현재 남아 있다. 그래서 『만엽집』을 과학적 · 근대적으로 접근하기 위해 그것의 정본正本화 작업이 이루어졌고, 그 성과가 1924년에 『교본만엽집校本万葉集』으로 나타났다. 이로써 『만엽집』 연구는 비약적인 발전을 이루게 된다.

『교본만엽집』

『교본만엽집』은 관영판본『만엽집』을 저본으로한 후, 그것을 계본(桂本)·원력교본(元曆校本) 등 20여 종류의 고사본 및 판본과 엄격히 비교하여 본문의 이동(異同)을 한눈에 알아볼 수 있게 한 것이다. 이것은 1924년경에 초판이 나온 후, 세 번 증보되었다. 그리고 마지막으로 나온 증보판은 거기에 신궁문고본(神宮文庫本)과 광뢰본(広瀬本)까지 추가했다.

본서에서 주로 취급할 병사의 노래는『만엽집』에 실려 있는데, 이를 이해하기 위해서는 우선 고대 동북아시아에서 벌어진 국제전이었던 백(촌)강 전투부터 이야기를 시작해야 한다. 왜냐하면 이 대규모 전쟁이 없었더라면 병사의 노래도 생겨나지 않았기 때문이다.

660년 7월 18일에 의자왕義慈王이 신라와 당나라 연합군에 항복함으로써 백제는 일단 멸망한다. 그러나 곧 흑치상지를 비롯한 백제인들이 부흥 운동을 일으켰고, 그 조직은 같은 해 8월에는 이미 당의 주력군과 싸울 수 있을 정도까지 정비되었다. 661년 9월경 백제 부흥군은 야마토大和 정권에 인질로 가 있던 왕자 풍장豊璋을 맞아들여 왕으로 옹립하였다. 그 후 백제 부흥군은 한때 나·당 연합군을 궁지에 몰아넣기도 하였다. 하지만 663년 9월 7일 그들의 근거지였던 주류성周留城은 함락되고 만다. 주류성이 함락되기 직전인 663년 8월 17일경, 백제를 돕기 위해 왜군 2만 7천여명이 400여 척의 배에 나누어 타고 한반도로 건너 왔으나, 8월 28일경에 벌어진 지금의 금강하구 혹은 동진강으로 추정되는 백강白江 전투에서 참패를 당한다. 일본에서는 이 전투를 백촌강白村江 전투라고 부른다.

이 전쟁은 결국 백제 부흥군과 왜군의 패배로 끝났다. 그 결과 신라는 한반도를 통일하게 된다. 반면 동맹국인 백제를 잃게 된 야마토 정권은 새로 편제된 한반도 정세에 대처하기 위해 천황제 율령 국가 수립을 지향하게 된다.

백(촌)강 전투에서 나·당 연합군에 패한 왜는 연합군이 일본 열도까지

처들어 올 것을 경계하게 된다. 따라서 그들을 막기 위해 기타큐슈北九州의 방위를 강화하게 되는데, 그 임무를 맡게 된 것이 주로 지금의 관동関東 지방에 해당하는 아즈마 지방東国 출신의 농민군인 '병사防人'였다.

여기서 '아즈마 지방'이란 지금의 시즈오카현静岡県 서부인 도토우미遠江, 가나가와현神奈川県인 사가미相模, 시즈오카현静岡県 중부인 스루가駿河, 지바현千葉県 중부인 가즈사上総, 이바라기현茨城県인 히타치常陸, 도치기현栃木県인 시모쓰케下野, 지바현 북부와 이바라기현 일부인 시모우사下総, 나가노현長野県인 시나노信農, 군마현群馬県인 고즈케上野, 도쿄도東京都와 사이타마현埼玉県인 무사시武蔵를 가리킨다.

'병사'의 표기는 '방인防人'인데, 이것을 일본어로 '사키모리さきもり'라고 읽는다. 이 '방인'이라는 말은 646년 정월의 개신改新 조(詔 : 천황의 말. 문서상의 규정으로 '조'는 임시의 중대사에 썼다 : 인용자)에 처음 등장한다. 하지만 실제로 배치된 것은 백(촌)강 전투의 패배 후인 664년인 덴치天智천황 3년 때였다. 이 사실은 720년에 성립된 일본에서 가장 오래된 정사正史인 『일본서기日本書紀』 덴치 3년의 조条를 통해 확인할 수 있다.

　　이 해에 대마도対馬嶋·이키섬壱岐嶋·쓰쿠시 지방筑紫国 등에 병사防人와 봉화를 설치했다.[1]

이들의 연령은 보통 21살에서 60살 정도였다. 병사는 정든 고향을 떠나 육로로 일단 지금의 오사카시大阪市와 그 부근에 해당하는 나니와難波에 집합한 후, 바닷길을 이용해 지금의 규슈九州인 쓰쿠시로 파견되었다. 근무지까지 이동하는데 드는 비용은 자비로 충당해야 했다. 원칙적으로 근무기간

---

1) 小島憲之·直木孝次郎·西宮一民·蔵中進·毛利正守,『新編日本古典文学全集　日本書紀』, 小学館, 1998年, 266쪽

은 3년인데, 근무지까지 걸린 일수는 이 기간에 포함되지 않았다. 정원은 3천명으로, 매년 천 명씩 3월에 교체되는 것이 원칙이었다. 또한 10일을 근무한 후 하루의 휴가를 얻었다. 그리고 병사의 주된 임무는 나・당 연합군의 일본 침입을 대비해 쓰쿠시・이키(규슈 본토에서 약 25 킬로미터 정도 떨어져 있는 섬으로 규슈와 한반도 사이에 위치해 있다 : 인용자) 등 규슈 서북부 갑岬을 방어하는 것이었다.

그들 집단 내부은 신분별로 조직화되어 있었던 것 같다. 병사의 노래에 적혀 있는 국조정国造丁・조정助丁・주장정主帳丁・화장火長・상정上丁과 같은 신분을 나타내는 말에서 그 사정을 짐작할 수 있다. 즉 지역별로 모인 병사들은 '국조정'을 장長으로 하였고, '조정'이 그를 보좌했다. 또한 '주장정'은 서무와 회계를 담당했고, '화장'은 '상정' 10명을 통솔했다.

병사는 징집되어 정든 고향을 떠날 때에, 혹은 근무지로의 이동 도중에, 그리고 지금의 오사카시와 그 부근에 해당하는 나니와에서 잠시 쉬며 마지막 목적지로 향할 때에 각각 노래를 지었다.[2] 그리고 이들 병사의 노래는 약 8세기경에 오토모노 야카모치에 의해 『만엽집』에 84수나 실리게 된다. 755년의 일이다.

그런데 사실 『만엽집』에 수록되어 있는 병사의 노래는 755년에 제작된 병사의 노래 84수 이외에도 있다. 권14에는 '병사의 노래'라는 제사題詞 아래에 병사의 노래가 5수(권14・3567~71) 실려 있다. 또한 권20에는 '오른쪽 8수는 옛 병사의 노래이다'라는 좌주左注를 둔 병사의 노래(권20・4425~32)가 있고, 같은 권에 '옛날에 교체한 병사의 노래 1수'라는 제사를 가진 병사의 노래(권20・4436)가 있다.

결국 『만엽집』에서 병사의 노래라고 확정지을 수 있는 노래는 총 98수가

---

2) 身崎寿, 「防人歌試論」, 『万葉』 第82号, 万葉学会, 1973年, 21~24쪽

된다. 이 밖에 권7・1265번 노래와 권13・3344~45번 노래들도 내용상 병사의 노래라고 볼 수 있다. 왜냐하면 권13・3345번 노래의 좌주에 "어떤 사람이 말하기를 이 단가는 병사의 아내가 지은 것이라고 한다. 그렇다면 앞의 장가(권13・3344 : 인용자)도 또한 이것과 같은 시기의 작품이라는 것을 알 수 있다"라는 기술이 있기 때문이다. 단, 여기서 말하는 병사의 노래는 광의의 개념이다. 즉 본서에서 필자는 '병사가 지은 노래만을 가리키는 협의의 의미로서의 병사의 노래에다가, 병사의 부모나 아내가 지은 노래까지 포함하여 병사의 노래라고 부른다.

앞에서 755년에 제작된 병사의 노래의 경우『만엽집』에 남아 있는 노래는 84수라고 말했지만 사실 이 시기에 만들어진 병사의 노래는 이것만이 아니었다. 즉『만엽집』의 최종적인 편찬자로 생각되는 오토모노 야카모치는 이 시기에 교체되는 병사를 총감독하는 임무를 맡았고, 병사의 노래는 최종적으로 그에게 바쳐졌다. 그는 진상된 총 116수의 병사의 노래 중에서 '졸렬한 노래拙劣歌'라고 판단되는 82수의 노래를 제외한 나머지 84수의 노래만을『만엽집』에 남겼던 것이다.

그렇다면 어떤 노래가 '졸렬한 노래'였을까? '농민군'인 병사에 의해 제작된 116수의 병사의 노래는 일시에 그리고 한꺼번에 오토모노 야카모치에게 진상된 것이 아니었다. 10개의 지역에서 각각 모아진 것이 약 한 달에 걸쳐 그때 그때 그에게 바쳐졌던 것이었다. 그리고 앞에서도 말했듯이 지역별로 진상된 노래 수는 그에 의해 선별된 후,『만엽집』에 실리게 된다. 지역별로 진상된 노래 수와 '졸렬한 노래'로 제외된 노래 수를 정리하면 다음 표와 같다.

지 역 별	진상된 노래수	제외된 노래수
시즈오카현 서부(도토우미)	18수	11수
가나가와현(사가미)	8수	5수
시즈오카현 중부(스루가)	20수	10수
지바현 중부(가즈사)	19수	6수
이바라기현(히타치)	17수	7수
도치기현(시모쓰케)	18수	7수
지바현 북부와 이바라기현 일부(시모우사)	22수	11수
나가노현(시나노)	12수	9수
군마현(고즈케)	12수	8수
도쿄도와 사이타마현(무사시)	20수	8수

그런데 어떤 노래가 오토모노 야카모치에 의해 '졸렬한 노래'로 판단되었을까? 이에 대해서는 지금까지 아래와 같은 몇 가지 가설이 제시되어 있다.

첫째, 노래의 완성도라는 면에서도 떨어지고, 표현의 면에서도 사투리(병사들의 출신지는 당시로서는 벽촌에 해당했다 : 인용자)가 심한 것이 졸렬한 노래로 판단되었다.

둘째, 감각이 너무 거칠고 세련되지 못한 것, 표현이 불충분해서 그 의미가 충분히 전달되지 못했기에 제외되었다.

셋째, 의미가 잘 파악되지 않거나 민요를 약간 바꾸어 재탕했기에 배제되었다.

넷째, 병사로서의 서정성(이 때의 서정성이란 천황에게 충성을 다짐하는 병사의 심정을 읊은 것을 가리킨다. 이에 대해서는 '제3장 1'에서 자세히 다룰 예정이다 : 인용자)이 절실하지 않은 노래가 졸렬한 노래로서 판단되었다.

이와 같이 '졸렬한 노래'가 어떤 노래를 가리키는가에 대한 연구가 종래에 있었으나, '졸렬한 노래' 그 자체가 현재 남아 있지 않은 이상, '졸렬한 노래'가 어떤 노래였는가를 아무리 논해도 그것은 결국 추측의 범주를 벗어나지 않는다. 다만 한 가지 분명한 것은 오토모노 야카모치가 진상된 병사의 노래 중에서 졸렬하다고 판단해서 상당수의 노래를 제외했다는 행위가, 바로 그의 '비평 행위'[3]였다는 것이다.

한편 '졸렬한 노래'가 어떤 노래였는가에 대한 논의와 더불어 왜 농민군에 불과한 병사의 노래를 당대의 명문 귀족 중의 귀족인 오토모노 야카모치가 수집했는가도 연구자의 관심을 끌었다. 지금까지 다음과 같은 몇 가지의 가설이 제시되고 있기는 하지만, 결론부터 말하면 '졸렬한 노래'에 관한 논의와 더불어 이도 또한 아직 정설이 없는 실정이다.

첫째, 병사의 노래를 정기적으로 조정에 바치는 전통, 혹은 관명에 의해 노래를 짓는 전통이 있었다.[4]

둘째, 3천명의 병사 가운데에는 반드시 노래를 지을 수 있는 자가 있을 것이다. 이것을 계기로 노래를 모아 보면 어떻겠냐고 오토모노 야카모치가 그의 상관인 다치바나노 나라마로(橘奈良麿 : 오토모노 야카모치의 후견인이었다: 인용자)에게 제안했거나, 그렇지 않으면 그의 제안에 오토모노 야카모치가 찬성해서 병사의 노래는 수집되었다.[5]

셋째, 오토모노 야카모치의 아버지인 오토모노 타비토大伴旅人 때부터 있었던 병사 징집 폐지에 대한 오토모노 집안의 집념 때문이다. 또한 야마노우에노 오쿠라山上憶良가 오토모노 야카모치에게 영향을 미쳤기 때문이다.[6]

---

3) 伊藤博, 「家持の文芸観」, 『万葉集の表現と方法』下 수록, 塙書房, 1976年, 199쪽
4) 相磯貞三, 「防人歌の採集」, 『国学院雑誌』, 国学院大学, 1943年, 99쪽
5) 尾山篤次郎, 『大伴家持の研究』, 平凡社, 1956年, 307~334쪽
6) 吉永登, 『万葉―文学と歴史のあいだ―』, 創元社, 1967年, 50~130쪽

그런데 이토 하쿠伊藤博는 1970년 6월에 발표한 글에서 병사의 노래가 『만엽집』에 실리게 된 경위에 대해,

조정의 지체 높은 분들에게 병사의 심정心情을 노래로써 알리기 위해 (병사의 노래는) 모아진 것이 아닌가.[7]

라고 말한다.

다른 연구자와 달리 그는 '병사의 심정' 즉 '가족과의 이별을 아파하는 병사의 마음'에 주목하여, 이 문제를 해결하려고 한다. 이토 하쿠가 이런 병사의 심정에 주목하게 된 것은, 다음 장인 제3장에서 자세히 서술하겠지만, 다름 아닌 제2차 대전 후에 일본사회에서 자리 잡기 시작한 민주주의와 평화주의의 영향 때문일 것이다. 즉 그의 견해는 패전 후 미군정 하에 실시된 교육의 민주화에 의해 전후의 국어교과서 등에 충군애국정신을 읊은 노래 대신에 보편적인 인간성을 노래한 작품이 실리게 된 것[8]과 깊게 연관되어 있다.

패전인가, 종전인가

일본에서는 1945년 8월 15일을 '종전(終戰)기념일'이라고 부른다. 이 날은 '패전'이 아닌 것이다. 1945년 8월 15일이 '패전'이 아니라 '종전'이라고 강력히 주장했던 사람으로는 얼마 전에 작고한 평론가인 에토 쥰(江藤淳)이 있다. 그는 일본의 항복은 일본국가로서의 '무조건적' 항복이 아니라고 주장한다. 즉 일본 정부는 포츠담선언(1945년 7월 26일)의 조건을 수락한 것이기에 일본 정부의 결정은 '조건부' 항복이었다고 말한다.

---

7) 伊藤博, 『万葉集の構造と成立』下 수록, 塙書房, 1970年, 323쪽
8) 品田悦一, 『万葉集がわかる。』, 朝日新聞社, 1998年, 37쪽

03   병사의 노래를 인식하는 3가지 시선

1 요시노 유타카의 '병사의 노래'
2 마스다 카쓰미의 '병사의 노래'
3 미사키 히사시의 '병사의 노래'

1 요시노 유타카의 '병사의 노래'

병사의 노래 연구사에서 기념비적인 업적을 남긴 연구자 중에 요시노 유
타카吉野裕가 있다. 그는 태평양전쟁이 한창이던 1943년 8월에『병사의 노
래의 기초구조』를 출간한다. 거기서 그는 병사들이 고대의 중앙정부인 야
마토 정권에 대해 복종을 표명한 것이 병사의 노래1)라고 규정한다. 병사의
노래 중에서 요시노 유타카가 그 근거로 삼은 작품은 다음과 같은 8수의
노래이다.

---

1) 吉野裕,『防人歌の基礎構造』, 筑摩叢書, 1943年(단, 인용은 1984년 1월에 출판된 것
   에 의함), 127~136쪽

권20・4321
거절하기
어려운 칙명을 받들고
내일부터
참억새와 잔단 말인가
사랑하는 이도 없이

권20・4328
천황의
명대로
물가를 따라
바다를 건넌다
부모님을 남겨두고

권20・4358
천황의
명을 받들고
집을 나섰을 때
나의 손목을 붙잡고
울던 사랑하는 이여

권20・4373
오늘부터는
뒤돌아보지 않고
천황의
변변치 못한 보호자로서
출정하는 것이다, 나는

권20・4393
천황의

명이기에
부모님을
이하히헤斎瓮2)와 함께 두고
출정한다

권20·4394
천황의
명대로
활을 껴안고
날을 밝힌단 말인가
이 긴 밤을

권20·4403
천황의
명을 받들고
파란 구름이
떠다니는 높은 산을
넘어 왔다

권20·4414
천황의
명대로
사랑스런
처를
떠나간다

병사의 노래를 천황에 대한 충성을 다짐하는 노래라고 규정짓는데 결정
적인 근거가 된 것은 '천황의 명대로大君の命恐み'라는 표현이다. 병사의 노래

---

2) 이것은 신에게 기원할 때 쓰는 토기이다.

에는 이 어구가 5개 있고, 이것과 유사한 것이 2개 보인다. 앞에서 예시한
노래에 고딕체로 강조 표시를 한 곳이 이에 해당하는 표현이다.

여기서는 지면 관계상 이들 노래 중에서 '천황의 명대로'(권20·4414, 권
20·4328)와 '천황의 명이기에大君の命にされば'(권20·4393)에 대해 선행연구
자들이 어떻게 말하고 있는지 살펴보자.

· '천황의 명대로'
병사의 상투어라고도 말하면 (그렇게) 말할 수 있지만 (천황에 대한 병
사의) 충성의 의미는 나타나 있다.[3]   (권20·4414)

'천황의 명대로'라는 말은 상대문학에 많이 보이고 병사의 노래에서만
도 5군데에 보인다. 소집에 임해 지금의 군인칙유(軍人勅論-자세한 설명은
후술한다 : 인용자)와 같이 부령사(部領使-병사를 직접 인솔하는 임무를 맡음 : 인용자)
정도에게서 병사에 언도된 것이 아닐까. 여하튼 그것은 이 사상이 당시
의 일반 무인武人의 통념이었던 것은 명백하다.[4]   (권20·4328)

· '천황의 명이기에'
황실에 대한 절대적인 복종의 심정이 보이고 있다.[5]

                                                                (권20·4393)

천황을 위해서는 부모님도 뒤돌아볼 수 없다는 것이 우리 나라의 전래
사상이지만, 이 사상이 명확히 이 노래에 나타나 있는 것이 대단히 흥미
롭다.[6]   (권20·4393)

---

3) 鴻巣盛広, 『万葉集全釈』, 広文堂書店, 1935年, 126쪽
4) 豊田八十代, 『万葉集総釈』, 楽浪書院, 1935年, 39쪽
5) 鴻巣盛広, 앞의 책(『万葉集全釈』), 104쪽
6) 豊田八十代, 앞의 책 (『万葉集総釈』), 94쪽

결국 방금 살펴본 연구자들은 '천황의 명대로'와 '천황의 명이기에'에서 천황에 대한 병사의 충성심을 읽어 냈다. 그리고 그것이 8세기 중엽 당시의 일반 무인의 통념이며 일본의 전래 사상이라고 지적한다.

이와 같은 견해는 패전 직후에도 좀 보이기는 하지만 주로 아시아·태평양전쟁기인 '15년 전쟁기'[7]에는 의심할 여지 없이 타당하다고 받아들여졌다. 이런 사실은 『만엽집』 연구서인 주석서와 당시의 초등학교 교과서 등을 통해서도 확인할 수 있다.

15년 전쟁기

'15년 전쟁'이라는 용어를 처음 사용한 것은 쓰루미 슌스케(鶴見俊輔)다. 그는 '15년 전쟁'이라는 말을 쓴 이유에 대해, "왜 15년 전쟁이라고 부르냐면, (중략), 태평양전쟁은 동아전쟁을 미국을 상대로 한 전쟁이라고 간주하여 이 기간은 어쨌든 이겼다고 파악하는 전쟁관으로는 이 전쟁의 구조를 제대로 파악할 수 없다고 생각하기 때문이다. 이래서는 일본인의 전쟁 책임이 모호해져 버린다."고 지적한다. 자세한 것은 주7)에 인용된 책을 참조하기 바란다.

먼저 『만엽집』 연구서인 주석서를 검토해 보자. 여기서는 앞에서 제시한 노래 가운데 우선 천황에 대해 복종을 표명하는 대표적인 노래로 이해되었던 다음과 같은 작품부터 살펴본다.

> 권20·4373
> 오늘부터는
> 뒤돌아보지 않고
> 천황의
> 변변치 못한 보호자로서
> 출정하는 것이다, 나는

---

7) 鶴見俊輔, 『戰時期日本の精神史 一九三一~一九四五』, 岩波書店, 1991年, 12~13쪽

군주를 위해 나라를 위해 모든 것을 완전히 잊고 오로지 변방 수호의 중대한 임무를 다하려 하는 충성스럽고 용맹한 국민성国民性이 나타난 귀중한 노래로써 "출정하는 것이다, 나는"의 한 구에 충성스럽고 용맹한 아즈마 지방의 남자의 면목이 약동하고 있다. 작자는 화장(火長-병사 10인 이 모인 그룹을 '화'라고, 그 우두머리를 '화장'이라 불렀음 : 인용자)이라는 미천한 임무를 수행했던 사람이지만 이와 같은 훌륭한 작품이 있는 것은 실로 우리 나라의 자랑이다.8)

미천한 일개 병사의 작품에도 이런 지극한 충의와 용기가 있는 것은 정말이지 우리 상대국민上代国民의 자랑이다.9)

천황에 대해 (충성을 다짐할 것을) 맹세한 노래로써 병사의 노래의 본질이 무엇인가를 이해하여 읊고 있는 것이다.10)

이들 주석서들은 권20·4373번 노래에서 천황에게 충성을 다하는 용맹한 병사를 발견한다. 그리고 천황에게 충의를 맹세하는 병사의 노래가 이들 노래의 본질이라고 이해한다.

병사의 노래에 대한 이와 같은 견해는,

권20·4328
천황의
명대로
물가를 따라
바다를 건넌다
부모님을 남겨두고

---

8) 豊田八十代, 앞의 책 (『万葉集総釈』), 79쪽
9) 佐佐木信綱, 『評釈万葉集』, 六興出版社, 1954年, 151쪽
10) 窪田空穂, 『万葉集評釈』, 東京堂, 1952年, 264쪽

권20 · 4393
천황의
명이기에
부모님을 이하히헤와 함께 두고
출정한다

등에서도 확인된다.

이들 작품에 대한 주석서의 견해를 검토해 보자.

· 권20 · 4328
부모를 버리고 자신의 몸을 돌보지 않고 천황君을 위해 헌신하는 심경을 노래하고 있다.[11]

천황의 명이기에 부모와 헤어져서 목숨을 건 위험한 여행을 하고, 천황을 위해 모든 사적인 감정을 버리고 천황에 봉사하는 것을 말하고 있다. 병사의 노래의 중핵을 파악하고 있는 것이다.[12]

· 권20 · 4393
첫 2구에 황실에 대한 절대적 복종의 심정이 보이고 있다.[13]

병사의 임무를 강하게 의식하여 그것을 이루기 위해 그리운 부모와 자기 자신을 보살펴 주시는 신을 고향에 남겨 두고 나왔다는 느낌을 담고 있으므로 정말이지 병사의 노래의 본질을 파악하고 있는 노래이다.[14]

결국 지난 '15년 전쟁기'에는 이들 노래가 근거가 되어 병사의 노래는 천

---

11) 鴻巣盛広, 앞의 책 (『万葉集全釈』), 39쪽
12) 窪田空穂, 앞의 책 (『万葉集評釈』), 222쪽
13) 鴻巣盛広, 앞의 책 (『万葉集全釈』), 104쪽
14) 窪田空穂, 앞의 책 (『万葉集評釈』), 282쪽

황에 대한 복종 표명의 노래로써 인식되었고, 그런 성격의 노래가 병사의
노래의 '본질' 혹은 '기본적인' 성격을 나타내고 있다고 간주되었다. 그리고
나아가 천황에게 충성을 맹세하는 병사의 태도는 일본(인)의 고유한 전통
이라고 강조되었다. 그러나 과연 그럴까?

결론을 미리 말한다면, 이와 같은 지적은 조작된 것이며, 그런 의미에서
픽션에 불과하다. 지금부터 그와 같은 픽션이 만들어지는 과정을 간단하게
나마 검토해 보자.

좀 전에 인용했지만 도요다 야소요豊田八十代의 언급은 주목할 만하다. 그
는 '천황의 명대로'(권20 · 4328)에 대해

'천황의 명대로'라는 말은 상대문학에 많이 보이고 병사의 노래에서만
도 5군데에 보인다. 소집에 임해 지금의 군인칙유와 같이 부령사 정도에
게서 병사에게 언도된 것이 아닐까.[15]

라고 '추측'하고 '상상'한다. 그런데 이와 같은 추측은 이 문장 직후에 가서
는 어느새 아래와 같이 '확신'으로 바뀐다. "여하튼 그것은 이 사상이 당시
의 일반 무인의 통념이었던 것은 명백하다."[16]

또한 이런 확신은 앞에서도 인용했지만, 권20 · 4393번 노래에 대한 주석
에서는 다음과 같이 의심할 여지가 없는 사실(fact)이 된다. "천황을 위해서
는 부모님도 뒤돌아볼 수 없다는 것이 우리 나라의 전래 사상이다."(도요다
야소오)[17]

잘 알려져 있듯이 천황제 이데올로기였던 군인칙유는 메이지明治 15년인

---

15) 豊田八十代, 앞의 책 (『万葉集総釈』), 39쪽
16) 豊田八十代, 앞의 책 (『万葉集総釈』), 39쪽
17) 豊田八十代, 앞의 책 (『万葉集総釈』), 94쪽

1882년 1월 4일에 반포되었고, 메이지천황으로부터 육해군인에게 부여되었다. 그리고 징병제에 따라 모집된 모든 병사들에게는 군인칙유를 암송하고 제창해야 하는 의무가 부과되었다. 이 칙유에는 천황과 병사의 관계가 명시되어 있는데, 제1조 "군인의 본분은 충절을 다하는 데 있다."[18]에서 알 수 있듯이, 그 관계는 천황에 대한 '병사'의 '충절'이었다.

> **징병제**
> 메이지 6년인 1873년에 최초의 징병령이 나왔고, 1889년과 1927년에 각각 개정이 이루어졌다.

도요다 야소요 등은 '모든 병사의 노래'를 방금 살펴본 권20·4328번 노래와 권20·4393번 노래 등과 같이 천황에게 충성을 다짐하는 작품으로 간주한다. 그러나 거기에는 어떠한 논증도 없다. 다시 말해서 충군애국을 읊은 일부의 병사의 노래를 '일반화'하여 모든 병사의 노래에서 천황에 대한 병사의 충성심을 읽어낸다. 그리고 그것을 근거로 일본의 전통 운운한다.

병사의 노래 가운데 천황에게 충성을 다짐하는 노래가 일부 있는 것은 사실이다. 하지만 그것은 근대 천황제 이데올로기 하에서의 천황에 대한 충성은 아니다. 도요다 야소요 등은 메이지시대에 반포된 군인칙유에 강요된 사상을 8세기 중엽의 병사의 노래에 투영하고 있는 것이다. 이와 같은 욕망이 병사의 노래를 해석하는 데 투사되어 있었다는 것은, 앞서 인용문에서 고딕체로 강조했듯이 '국민성國民性'과 '상대국민上代国民'이라는 용어에서도 알 수 있다. 즉 '국가國家: nation state)'가 근대적인 개념인 것처럼 '국민国民'이라는 말도 새로운 발상인 것이다.

한편 병사의 노래가 근대 일본의 침략전쟁을 위한 도구로써 '발명'되는

---

18) 小田村寅二郎(編), 『新輯 日本思想の系譜—文献資料集』下, 時事通信社, 1971年, 396쪽

과정은 당시의 초등학교 교과서 등도 잘 보여 주고 있다.

여기서는 시나다 요시카즈品田悅一의 일련의 글19)중에서 「아즈마 노래·병사의 노래론」20)의 내용을 중심으로 하여 병사의 노래가 프로파간다로써 일본 사회에 퍼져 나가는 모습을 그려 보겠다.

그는 「아즈마 노래·병사의 노래론」에서 제4기 국정교과서인 『초등학교 국어독본 심상과용小学国語読本 尋常科用』(1933년) 의 6학년에 '만엽집'의 단원이 설정되었는데, 이것이 초등학교용 국어교과서에 처음으로 '만엽집'이 등장한 것이라고 지적한다.

심상과

심상과(尋常科)는 심상초등학교(尋常小学校)를 가리키는 말로 초등보통교육을 실시했던 곳이다. 1886년에 처음으로 설치되었다. 당초에는 만 6세에 입학해 4년간 배웠으나 1907년부터는 6년간 교육받았다.

그리고 그 단원의 서두에

권20·4373
오늘부터는
뒤돌아보지 않고
천황의
변변치 못한 보호자로서
출정하는 것이다, 나는

---

19) 品田悅一, 『創造された古典:カノン形成 国民国家 日本文学』, 新曜社, 1999年
　　品田悅一, 『万葉集の発明:国民国家と文化装置としての古典』, 新曜社, 2001年
20) 品田悅一, 「東歌·防人歌論」, 『セミナー万葉の歌人と作品』第11巻, 和泉書院, 2005年, 20~21쪽

이라는 노래가 인용된 뒤, 다음과 같은 해설이 달렸다고 한다.

> 정말이지 국민의 본분, 군인으로서의 훌륭한 각오를 잘 나타낸 노래이
> 다. 이러한 병사와 그 가족들의 노래가 『만엽집』에 많이 보인다.[21]

또한 8년 후인 1941년에 발간된 『국민과 국어교과서』에도 '만엽집'의 단원이 보인다고 언급한다. 그리고 그는 일본이 태평양전쟁을 일으킨 해에 문부성 교학국敎学局이 발간하고 배포한 부교재인 『신민의 길臣民の道』에는 다음과 같은 내용이 있다고 밝힌다.

> 우리들 선조는 개국 이래 역대 천황의 마음을 받들어 모시고 밝고 맑은
> 성심으로 천황을 섬겼다.(중략) "천황의 변변치 못한 보호자로서 출정하
> 는 것이다, 나는"하며 분발하고 노력하고 힘써 왔다.[22]

계속해서 시나다 요시카즈는 전시戰時체제에 전면적으로 협력한 것으로 일본문학보국회를 거론한다. 그는 일본문학보국회의 단가短歌부회가 애국백인일수愛国百人一首를 편집할 때, 100수 가운데 『만엽집』의 노래가 총 23수 포함되었다고 지적한다.

애국백인일수

우리 나라에서 근대 최초의 번역 시집과 근대 시집을 낸 안서 김억은 1944년 8월에 애국백인일수를 번역한 『조선어역 애국백인일수(鮮訳 愛国百人一首)』(한성도서출판주식회사)를 출간한다.

그리고 그 중에서는 병사의 노래가 6수 포함되어 있는데, 그것은 앞서 언급

---

21) 品田悦一, 앞의 논문(「東歌·防人歌論」), 20쪽
22) 品田悦一, 앞의 논문 (「東歌·防人歌論」), 20쪽

한 "오늘부터는 뒤돌아보지 않고······"(권20·4373)외에 다음과 같
은 노래라고 언급한다.[23]

권20·4328
천황의
명을 받들고
해변에서 해변으로 이동하면서
넓고 넓은 바다를 건넌다
부모님을 남겨둔 채

권20·4342
좋은 나무真木[24] 기둥으로
축복하며 세운
궁전과 같이
언제까지나 건강하세요 어머님
용모도 변함 없이

권20·4370
가시마鹿島 신궁[25]에 모신 신에게
기원하면서
천황의 병사御軍士로서
나는 왔는데

권20·4374
천지신명에게
무사를 기원하며

---

23) 品田悦一, 앞의 논문 (「東歌·防人歌論」), 21쪽
24) 노송나무나 삼나무 등을 가리킴.
25) 이바리기현(茨城県) 가시마시 규츄(宮中)에 있는 신궁.

화살을 넣는 통敕을 짊어지고
쓰쿠시의 섬을
향해 간다, 나는

권20 · 4402
두려운
신이 계시는 고개에
누사幣를 바쳐서
신에게 나의 안녕을 기원하는 이 목숨은,
어머님과 아버님을 위해서이다

그리고 충군애국하면 『만엽집』, 『만엽집』 하면 '병사의 노래', '병사의 노래'하면 '천황의 변변치 못한 보호자'라는 식의 조직적인 선전으로 인해, 아시아·태평양전쟁기에 병사의 노래를 다룬 신문이나 잡지의 글 그리고 저작물이 쏟아져 나왔다고 지적한다.[26]

이처럼 전시 중에 병사의 노래가 침략전쟁을 위해 프로파간다로써 '발명'되었던 것을 가장 솔직하게 고백한 사람은 다름 아닌 전후의 『만엽집』 연구에서 큰 업적을 남긴 이토 하쿠다. 그는 1978년 2월에 발표한 논문에서 다음과 같이 말한다.

쇼와昭和 10년대(1935년~1944년 : 인용자) 중학생이었던 우리들은 병사의 노래는 '오늘부터는'과 같은 노래의 모음(즉 천황에 대해 충성을 맹세하는 노래 : 인용자)이라고 배웠지만, 그것은 (중략) 시대의 추세에 편승했던 발언이었다고 생각한다. (중략) 우리들은 배운 것을 그대로 믿고서 조국애에 불탔다. 하지만 그것은 전혀 사실이 아니었다. 동경에 소재하

---

26) 品田悅一, 앞의 논문 (「東歌・防人歌論」), 21쪽

는 대학의 국한과国漢科에서 1944년부터 재적했던 1년 동안에 지금까지
배웠던 것이 거짓이었음을 알았다. 진실을 소리 내면 죽임을 당할 것
같은 시대의 분위기였다고는 해도 홀로 마음 속으로 간직하며 나날을
보낸 것은 청년 시절의 크나큰 회한이다.[27]

전시 중에 프로파간다로써의 병사의 노래와 같은 것에 현혹된 지식인을
찾는 것은 그다지 어렵지 않다. 예를 들어 일본 근대사 연구가인 다나카 아
키라田中彰도 그런 지식인 중의 한 사람이다. 1928년 야마구치현山口県에서
태어난 그는 육군사관학교의 마지막 사관후보생으로 패전을 맞이한다. 그
리고 그는 『소일본주의-일본의 근대를 다시 읽는다』에서 다음과 같이 전시
와 패전을 회고한다.

> 메이지유신 이후의 일본 근대사는 오로지 대국을 향한 노선을 걸어,
> 전쟁에 전쟁을 거듭해 온 바로 대국주의의 역사였다. 그 대국주의 그리
> 고 군국주의의 역사적 흐름이 어떤 결과를 초래할지 전혀 모르고, 대일
> 본제국의 파산 직전 시기에 '천황 절대'를 믿으며 내 한몸 이 나라에 바
> 치려 하면서 패전을 맞았다.[28]

결국 8세기 중엽에 제작된 병사의 노래는 폭력의 세기인 20세기에 들어
침략 전쟁을 위한 프로파간다로 '발명'되었다. 그리고 그렇게 만들어진 국
민통합으로서의 공동체 이야기인 '병사의 노래'에 의해 전시 중의 일본(인)
은 문화적으로 통합되어 갔다.

순정 키라리

2006년 4월부터 9월까지 방송된 NHK 아침 연속드라마 '순정 키라리(純情キラリ)'에서도 병사의 노
래가 침략 전쟁의 프로파간다로 이용된 담론이었다는 것이 잘 나타나 있다.

---

27) 伊藤博,「防人歌の抒情」,『短歌研究』第35巻第2号, 改造社, 1978年, 33쪽
28) 다나카 아키라, 『소일본주의-일본의 근대를 다시 읽는다』, 소화, 2002년, 6쪽

아시아·태평양전쟁기의 병사의 노래관은 '전시'라는 시대에 요구되었던 일본(인)의 문화적 아이덴티티를 확립하기 위해 '번역'된 정치적인 해석에 다름 아닌 것이다(단, 요시노 유타카의 경우는 좀 다르다. 그가 『병사의 노래의 기초구조』에서 말하고자 했던 핵심은 병사의 노래는 집단 가요에 속한다는 것과 그런 병사의 노래의 형성과 제작 과정을 과학적 분석으로 증명하고자 했다는 것이다. 하지만 그가 병사의 노래를 '당시의 중앙 정부에 대한 복종 표명의 노래'라고 간주했다는 것에는 변함이 없고, 그런 그의 인식에 아시아·태평양전쟁기라는 역사적 사회상이 영향을 미쳤다는 것에도 변함이 없다).

'병사의 노래'의 정치성

나가이 미치코(永井路子)는 전쟁 중에 『만엽집』이 유행했을 때 '병사의 노래'로 맨 먼저 제시된 것은, "오늘부터는 뒤돌아보지 않고 천황의 변변치 못한 보호자로서 출정하는 것이다. 나는"(권20·4373)이라는 노래였다고 회고한다. 그리고 '병사의 노래'라고 하면 모두 이와 같은 노래를 떠올리는 사람도 있을 수 있겠지만 사실 이런 노래는 아주 적고 대부분의 병사의 노래는 가족과의 헤어짐을 가슴 아파하는 노래라고 말한다. 자세한 것은 永井路子『万葉恋歌』(角川文庫, 1979年)를 참조하기 바란다.

'병사의 노래'와 서두수

서두수는 경성제국대학에서 당시의 국문학이었던 일본문학을 전공하고 나중에 이화여전에서 교편을 잡았다. 그는 1942년 11월에 「병사의 마음(防人のこころ)」이라는 글에서 천황에게 충성을 다짐하는 병사를 읽어 낸다.

2 마스다 카쓰미의 '병사의 노래'

윤상인 교수가 일본 근대문학가인 나쓰메 소세키(夏目漱石 : 1867년~1916년)

의 작품 『마음ニニ3』(1914년)이 국가이데올로기에 이용되기 쉬운 텍스트[29]
라고 지적했듯이, 병사의 노래도 그와 같은 성격을 띠기 쉬운 텍스트라고
볼 수 있다. 즉 요시노 유타카 등은 아시아·태평양전쟁기에 병사의 노래
에서 충군애국을 읽어 냈다. 그러나 일본문학 전공자인 마스다 카쓰미益田
勝実는 일본 패전 후인 1952년 10월에 발표한 「병사들」이라는 논문에서 병
사의 노래에 대해 다음과 같이 평가한다.

> (병사의 노래에는) "권20·4373 오늘부터는 뒤돌아보지 않고 천황의 변
> 변치 못한 보호자로서 출정하는 것이다, 나는"과 같은 우리들을 전장戰場
> 으로 내몬 노래가 있다.[30]

곧 병사의 노래를 침략전쟁을 위한 프로파간다로 파악하고 있다. 그리고
그는 전후에 병사의 노래를 면밀히 연구한 후, 병사의 노래에 대해 요시노
유타카와는 전혀 다른 아주 색다른 견해를 보인다.

그는 우선

> 권20·4343
> 나는 어차피 여행旅은
> 여행이라고 체념이라도 하지만
> 집에서
> 아이를 부둥켜안고 수척해 있을
> 아내가 가엾어 못 견디겠다

---

29) 윤상인, 「국민속의 『마음』 - 국민국가에 있어 정전이란 무엇인가」, 『'일본'의 발명과
   근대』, 이산, 2006년, 202쪽
30) 益田勝実, 「防人等」, 『万葉』第6号, 万葉学会, 1952年, 42쪽

권20・4364
병사로
떠나려고 하는 어수선함에 정신을 빼앗겨
아내에게
농사에 관해
아무 말도 못하고 떠나 왔던가

와 같은 노래는, 정부의 "강압적인 징집"[31]을 고발한 것이라고 말한다. 또한 다음과 같은 노래는 "(징집에 대한) 기피 사상"[32]을 토로하고 있다고 지적한다.

여행

원래는 일시적으로 집을 떠나 임시로 숙박하는 것을 가리켰다. 그런데 율령제의 도입과 함께 관인의 지방부임, 서민의 조용조를 바치기 위한 이동, 천황의 지방으로의 이동도 여행(旅)이라 부르게 되었다.

권20・4376
이런 긴 여행이
되리라는 것을 알지 못하고
어머님과 아버님께
제대로 안부도 전하지 못하고 온 것이
지금에 와서는 후회스러워 못 견디겠다

권20・4382
후타호布多富[33] 촌장은
질이 나쁜 사람이다

---

31) 益田勝実, 앞의 논문(「防人等」), 39쪽
32) 益田勝実, 앞의 논문(「防人等」), 39쪽
33) 미상(未詳).

갑작스레 병을 얻어
내가 고통 받고 있을 때
병사로 지명하다니

계속해서 그는

권20 · 4401
군복의
옷자락에 달라붙어
우는 아이를
남겨 주고 왔다
어미도 없는데

와 같은 노래는, "가족의 실정을 무시한 채, 징집 · 소집徵김하는 현실"[34]을
폭로하고 있다고 밝힌다.

결국 일본 패전 후에 병사의 노래를 연구하기 시작한 마스다 카쓰미는
병사의 노래에서 천황에 대한 충성심을 발견하기는커녕, 오히려 '저항'에
가까운 심정을 읽어 내고 있는 것이다.

그렇다면 마스다 카쓰미는 그의 지력과 개인적인 영감과 같은 것으로 이
와 같은 새로운 인식에 도달한 것일까?

1923년 야마구치현山口県에서 출생한 마스다 카쓰미는 아시아 · 태평양전
쟁기에 중국 전선에 참여하면서 전쟁을 직접 체험하게 된다. 전선으로 출
정하게 된 것은 그가 만 20살이 되던 1943년 9월이었다. 그의 전쟁체험은
「천황, 쇼와 그리고 나」[35]라는 글에 잘 나타나 있다. 여기에는 그가 병사의

---

34) 益田勝実, 앞의 논문 (「防人等」), 39쪽
35) 益田勝実, 「天皇、昭和そして私」, 『益田勝実の仕事』3, 1989年, 571~595쪽

노래에 관심을 가지게 된 직접적인 에피소드가 나온다.

1943년 9월의 일이다. 이 때 학도병의 송별회壯行숲가 있었다고 한다. 마스다 카쓰미를 포함한 학도병들을 떠나 보내는 이 날, 그의 담당 장교였던 이오 중령飯尾中佐는 전쟁의 실체는 추한 것이라며 적어도 청순한 학생만큼은 (다른 사람을) 죽이지도 말고, (다른 사람을) 범하지 말고, (다른 사람 것을) 약탈하지도 말라고 학도병들에게 부탁했다고 한다. 그리고는 일본 군대는 이 전쟁을 대동아의 성전聖戰이라 하지만 그것은 그렇지 않다고 고백했다고 전한다.

이 말에 감격한 마스다 카쓰미는 손을 들고 단상에 올라가 적어도 우리들만큼은 방금 교관이 말한 대로 하자고 연설하자, 옆에서 그 말을 듣고 있던 모리모토 지키치森本治吉 교수가 곧바로 단상으로 올라왔다고 한다. 그는 학생들에게 『만엽집』을 가르치고 있던 교수였는데, "제군은 속지 말아야 한다. 『만엽집』 권20에는

권20 · 4373
오늘부터는
뒤돌아보지 않고
천황의
변변치 못한 보호자로서
출정하는 것이다, 나는

과 같은 작품이 있다. 제군들은 천황을 위해 죽으면 된다. 헛된 이상理想따위 가져서는 안 된다."고 연설하더라는 것이다.

마스다 카쓰미는 직업 군인인 장교의 주장과 일문학자의 주장이 정반대인 것에 당혹감을 느꼈다고 고백한다. 그리고 이와 같은 당혹감이 그를 『만

엽집』연구자로 만들었고, 중국 전선에서 돌아온 후 병사의 노래에 대한 연구 결과를 발표하게 된다. 그것이 바로 병사의 노래에서 저항 정신을 읽어낸 「병사들」이라는 논문이다. 여기서 그는 『만엽집』의 병사의 노래에는 모리모토 지키치가 말한 것과는 다른 성격의 노래가 있다는 것을 알게 되었고, 거기에 주목한 것이 다름 아닌 「병사들」이라고 언급한다.

한편 그는 「천황, 쇼와 그리고 나」에서 전후 일본사회에는 '자본주의는 악惡, 사회주의는 선善'이라는 사회적 분위기가 있었고, 그도 은밀히 동지들을 모아 국책연구회를 만들어 일본을 사회주의 국가로 만들기 위해 활동했다고 고백한다.

전후 일본사회와 사회주의

패전 후에 일본사회에서는 아시아·태평양전쟁기에 정부의 탄압을 받았던 공산당이 화려하게 부활하고 사회당이 그 세력을 키워가고 있었다. 한편 보수 정당 쪽은 침략전쟁에 협력했다는 이유로 보수 정당의 의원 가운데 약 3분의 2 이상이 공직에서 추방당하면서 그 힘이 약화되고 있었다.

결국 마스다 카쓰미가 병사의 노래에서 병사들의 '저항 정신'을 '발견'한 것은 학도병의 송별회와 그의 전쟁체험, 그리고 사회주의 운동의 부흥이라는 일본의 전후 상황이 복합적으로 작용했다고 봐야 하지 않을까.

3 미사키 히사시의 '병사의 노래'

전후의 일본사회에 병사의 노래에 대해 연구한 학자 가운데 마스다 카쓰미와 더불어 주목할 만한 연구자로 미사키 히사시身崎寿가 있다. 그는 마스다 카쓰미와 달리 '병사의 노래'를 '가족과의 이별을 읊은 노래'라고 해석한다. 그는 앞에서 예시한 천황에 대한 충정을 다짐하는 병사의 노래 8수를 면밀히 검토한 후, 다음과 같이 지적한다.

  '천황의 명대로'와 같은 발상을 가지고 있는 노래라고 해도 1수 전체가 언명言효て적인 말로 시종일관하고 있는 것이 아니고 항상 그것과는 대치하듯이 '사랑하는 이도 없이'라든지 '부모님을 남겨 두고'라는 이별을 슬퍼하는 말이 놓여 있는 것을 무시할 수는 없습니다.[36]

앞에서도 들었지만 예를 들어 '사랑하는 이도 없이'와 '부모님을 남겨두고'라는 표현이 있는 작품은 다음과 같은 노래이다.

  권20 · 4321
  거절하기
  어려운 칙명을 받들고
  내일부터
  참억새와 잔단 말인가
  사랑하는 이도 없이

  권20 · 4328
  천황의
  명대로
  물가를 따라
  바다를 건넌다
  부모님을 남겨 두고

또한 이토 하쿠도 '천황의 명을 받들고'와 같은 어구를 재검토하여

---

36) 身崎寿, 「防人歌試論」, 『万葉』, 万葉学会, 1973年, 22쪽

'천황의 명을 받들고'와 같은 표현은 자기 자신을 제약하는 것을 대조
적으로 명확히 내세우는 만큼, 병사의 통한이 오히려 인식적이고 심각하
다고 말할 수 있다.[37]

고 지적한다.

그렇다면 미사키 히사시가 주목했던 표현인 '사랑하는 이도 없이' · '부모
님을 남겨 두고'에 대해 병사의 노래에서 천황에 대한 절대 복종을 읽어 냈
던 고노스 모리히로와 구보타 우쓰보 및 사사키 노부쓰나와 같은 연구자는
어떻게 말하고 있을까? 결론을 미리 제시하면, 이들은 천황에게 충성을 다
짐하는 병사의 노래에 이런 심정과는 정반대되는 심경을 읊은 표현이 있다
는 것을 솔직히 인정하고는 있다.

고노스 모리히로는 예를 들어 권20 · 4321번 노래에 대해

이 노래는 규무軍務에 대한 책임감과 아내와 헤어지기 어려운 심정, 이
른바 의義와 정情과의 충돌에 괴로워하는 작자의 마음이 애처롭게 읊어
져 있다.[38]

고 말한다. 또한 구보타 우쓰보는

눈앞의 아내와의 동침과 내일부터 있을 잡초를 깔고 홀로 노숙하는 것
을 대비하여 비탄을 말하고 있다.[39]

고 지적한다. 그리고 사사키 노부쓰나도 이 노래를 다음과 같이 이해한다.

---

37) 伊藤博, 앞의 논문 (「防人歌の叙情」), 35쪽
38) 鴻巣盛広, 앞의 책 (『万葉集全釈』), 31쪽
39) 窪田空穂, 앞의 책 (『万葉集評釈』), 215쪽

3구 이하(내일부터는 참억새와 잔단 말인가 사랑하는 이도 없이 : 인용자)에 속일 수 없는 개인적인 감정이 적나라하게 표현되어 있지만, 첫 2구에 나타난 국민적인 자각은 소위 이별로 인해 마음 아파하지 않은 강직한 남자의 음조를 이루고 있다.[40]

한편 고노스 모리히로는

권20 · 4358
천황의
명을 받들고
집을 나섰을 때
나의 손목을 붙잡고 울던
사랑하는 이여

가 "집을 떠나 왔을 때의 이별의 슬픔을 회상했던 노래"[41]였던 것을 인정하고 있다.

계속해서 그는

권20 · 4394
천황의 명대로
활을 껴안고
날을 밝힌단 말인가
이 긴 밤을

에 대해

---

40) 佐佐木信綱, 앞의 책 (『評釈万葉集』), 123쪽
41) 鴻巣盛広, 앞의 책 (『万葉集全釈』), 67쪽

> 아내와 떨어져서 활을 껴안고 잘 것을 상상하는 병사의 탄성歎声은 애
> 절하게 사람의 심금을 울리는 데가 있다.[42]

고 말하고, 또한 구보타 우쓰보는 "활을 껴안고 날을 밝힌단 말인가"는 "활
을, 헤어져 떠나온 아내와 대비한 것이다."[43]고 지적한다.

결국 미사키 히사시는 한 수首에 보이는 충군애국을 읊은 표현보다 가족
과의 이별을 슬퍼하는 표현에 무게 중심을 두어 요시노 유타카의 견해를
전복시키고 있는 것이다. 그리고 병사의 노래에 관한 미사기의 견해에 현
재 반론을 제시하는 연구자는 아무도 없다.

그런데 이와 같은 견해가 나오게 된 것은 미사키 히사시라는 뛰어난 개
인의 연구력 때문일까?

제2차 대전의 종결이 조선에게는 일제 식민지로부터의 해방을 의미했다.
하지만 일본에서의 의미는 그리 단순하지 않았다. 다시 말해서 패전을 의
미했던 '전쟁 송결'에 대한 일본인의 인식에는 차이가 존재했던 것이다.

전쟁 전에 일본 공산주의 운동에 참여해, 그로 인해 전향 혹은 침묵을 강
요당했던 지식인에게 전쟁 종결은 해방이었다. 그리고 그 연장선에서 미점
령군은 일시적이나마 해방군이었다. 그러나 한편에서는 패전을 해방이라
고 간주하지 않는 사람들도 있었다. 전시하의 일본에서 태어나 황국 일본
의 미래를 꿈꾸었던 사람들에게 종전이란, 그 꿈이 깨어졌다는 것을 의미
했다. 그들은 지금부터 무엇을 어떻게 해야 할지 몰랐던 것이다. 패전을
"불길한 좌절의 시대"의 경험이라고 말한 소설가 미시마 유키오三島由紀夫가
그러했다. 예를 들어 그는 『영령의 소리英霊の声』(1966년)에서 "어째서 천황
폐하는 인간이 되셨는가. 어째서 천황 폐하는 인간이 되셨는가. 어째서 천

---

42) 鴻巣盛広, 앞의 책 (『万葉集全釈』), 105쪽
43) 窪田空穂, 앞의 책 (『万葉集評釈』), 283쪽

황 폐하는 인간이 되셨는가."를 반복했다. 여기에는 천황 자신의 신격화 부정(흔히 말하는 천황의 인간선언 : 인용자)에 대한 미시마 유키오의 반발이 보인다. 또 다른 한편에서는 언론의 자유를 즐거워하는 사람들을 천박한 존재로 생각하는 사람도 있었다. 중·일 전쟁에서 제2차 대전에 이르는 시기에도 전쟁에 협력하지 않고 제일선에서 계속 글을 써 나갔던 다자이 오사무太宰治에게 전후의 자유란 배급된 자유에 지나지 않았다.[44]

전향

일본의 공산주의자와 사회주의자의 거의 대부분은 전시기에 전향을 한다. 그런데 재미있는 것은 우리의 경우와 달리 그들은 심한 고문 등과 같은 물리적인 힘에 의해 전향하는 것이 아니라 천황의 적자로서 그럴 수 있느냐와 같은 회유에 의해 전향했다는 사실이다.

천황의 인간선언

1946년 1월 1일에 발포된 쇼와천황의 조서(詔書)를 일반적으로 이르는 말이다. 이 조서의 후반부에는 천황이 스스로 현인신(現人神)이 아님을 인정했다고 해석되는 부분이 있다.

이와 같이 일본인에게 패전의 의미는 각각 달랐지만, '전쟁 종결'은 결과적으로 일본사회에 (미국식) 민주주의를 가져 왔다. 즉 간접 통치라는 방식을 취한 미점령군은 민주화와 개혁을 토대로 하여 전쟁 책임자 처벌과 재벌 해체 및 사회개혁을 추진했고, 메이지시대의 대일본제국헌법도 일본국헌법으로 고쳤다. 그러나 이런 미국의 점령정책은 냉전으로 인해 전환된다(이를 보통 '역코스'라고 부른다 : 인용자). 즉 '자본주의와 천황제(국체)'를 유지하면서 일본의 부흥을 꾀하는 정책으로 바뀌게 된다. 결국 점령정책의 전환은 전쟁 포기를 선언한 일본헌법과 민주주의를 옹호하는 운동을 일본

---

44) 藤原帰一, 『戦争を記憶する: 広島·ホロコーストと現在』, 講談社, 2001年, 109~110쪽

사회에 일어나게 하였고, 이것으로 인해 평화헌법은 일본사회에 정착되게 되었다. 따라서 후지와라 키이치藤原帰一는 일본의 민주주의를 호헌護憲민족주의로서의 전후 민주주의라고 부른다.

후지와라 키이치

후지하라 키이치는 전후 일본사회에 있었던 '전쟁종결'에 대한 인식에는 세 가지 인식이 있었다고 지적하고, 그것들은 각각 '해방과 평화의 즐거움', '미래를 빼앗긴 절망', '새로운 자기기만에 대한 회의'라고 표현했다.

다음으로 피폭이라는 체험은 패전 후의 일본사회에 반전 의식을 가져다 주었다. 원폭의 실상을 직접 경험한 일본이기에 일본만큼 원폭을 테마로 한 문학 작품이 많은 나라도 드물다. 예를 들어 이부세 마스지井伏鱒二의 『검은 비黒い雨』(1966년)가 대표적이다.

'반핵・비핵非核' 정신을 중심으로 하여 지금도 폭 넓은 활동을 하고 있는 인물 가운데 특히 주목할 만한 지식인으로는, 1994년에 노벨 문학상을 수상한 오에 겐자부로오大江健三郎가 있다. 원폭 피해지인 히로시마에 갔었던 그의 체험은, 그의 문학관과 인생관을 바꾸는 중요한 계기가 되었다고 한다. 그리고 1965년에 그는 히로시마에 갔을 때의 체험을 토대로 하여 '반핵・비핵' 정신을 담은 다큐멘터리인 『히로시마 노트ヒロシマ・ノート』를 세상에 내놓는다.

한편 이와 같은 반전 운동과 밀접한 관련을 맺고 있는 평화 운동은 1950년대 전반에 형성되었다. 일본에서의 조직적인 평화 운동의 시작은 1949년 4월에 개최된 평화옹호 일본대회였다. 그리고 1954년 3월에 발생한 '제5 후쿠류마루福竜丸 사건'은 전국에 원자폭탄・수소폭탄 금지를 요구하는 서명 운동을 불러일으켰다.

결국 호헌민족주의로서의 전후 민주주의와 더불어 반전 운동과 평화 운동으로 대표되는 평화주의가 전후 일본사회를 이끌어 갔다고 평가할 수 있다.

전후 일본과 현재의 일본사회

전후 일본사회가 기본적으로 천황제 이데올로기에서 민주주의 사회로 이행한 것은 사실이다. 하지만 지금의 일본은 2006년에 교육헌법이라고 할 수 있는 '교육기본법'을 개악하여 애국심과 같은 국가주의를 강조하고 있고, 또한 침략전쟁을 하지 않겠다는 '평화헌법'도 개정하려고 하고 있다.

지금까지 언급했듯이 패전으로 인해 일본에서는 어제까지 굳게 믿어졌던 천황제 이데올로기는 붕괴된다. 비록 위로부터의 민주주의이긴 하지만 미점령군 주도하에서 민주주의가 채택된다. 그리고 이와 같은 패러다임의 전환은 일본의 인문학 연구에도 적지 않은 영향을 미쳤다. 그 양상을 구체적으로 살펴보기에 앞서, 요시다 세이치吉田精一·오쿠노 타케오奧野健男의 글을 통해 전후 일본사회를 스케치해 보자.

그들은 패전 후에 겪은 일본 국민의 가치관의 혼란과 정신적 공황에 대해 다음과 같이 적고 있다.

1945년 8월 15일부터 그해 연말까지 4개월 반 동안 만큼 변화 무쌍한 시기는 또 없을 것 같습니다. 이 기간의 신문을 오늘날 다시 읽어 보면, 이런 짧은 기간에 잘도 논조論調가 바뀌었구나 하고 어이없을 지경입니다. 어제와 정반대의 기사를 태연히 쓰고 지껄이고 한 신문과 방송의 파렴치가 이때만큼 극심했던 적은 없습니다. 일본의 주요 논조는 이 4개월 반 동안에 황국주의皇国主義·군국주의로부터 민주주의·평화주의, 그리고 공산주의 예찬으로 바뀌었던 것입니다. 학교에서는 어제까지 군국주의니 신주불멸(神州不滅-'신주'는 일본을 가리킨다 : 인용자)이니 "귀축미영鬼畜美英, 때려 부수자"하고 가르치던 교사가, 돌연 평화주의와 데모크라시를 가르치기 시작합니다. 청소년들은 일체의 기성가치의 붕괴를 제

눈으로 보고, 직접 체험하고, 동시에 어른들이 말하는 미사여구의 이상
이며 주장은 일체 믿을 수 없다는 뿌리 깊은 불신감을 품기에 이르렀던
것입니다.[45]

예를 들면 이른바 '먹물로 뒤범벅이 된墨塗り' 교과서는 교사와 학생에게
큰 영향을 끼친 사건이었다. 즉 1945년 9월 20일 문부성은 '종전에 따른 교
과용 도서 취급법에 관한 건'을 지방 장관에게 보내, 군국주의 색채가 나는
교재의 수정을 지시했다. 따라서 각 학교에서는 그 때까지 써 왔던 교과서
에서 충군애국·제국정신·전의戰意 고양의 부분을 지워 교육 현장에서 사
용하기 시작했다.

지금은 고인이 되었지만 한때 교사였던, 그리고 『빙점氷点』 등으로 우리
들에게 잘 알려져 있는 작가 미우라 아야코三浦綾子를 통해 '먹물로 뒤범벅이
된' 교과서 사건의 의미를 음미해 보자. 1946년 3월까지 약 7년간 초등학교
교사 생활을 했던 그는 전시 중에 교과서에 실린 천황 찬미와 군국주의를
찬양하는 내용을 별 다른 의심 없이 가르치다가 패전을 맞이하게 된다. 하지
만 패전 후에는 천황 찬미와 군국주의 찬양을 담고 있는 구절에 먹물이 그
어진 교과서로 수업에 임하게 된다. 그리고 천황과 군국주의를 찬미하는 내
용을 전시 중에 어린 학생들에게 가르쳤던 것을 통렬히 후회하면서 수업에
임했다고 회고한다.

미우라 아야코를 통해 우리들이 읽을 수 있는 것은 패전 후에 일본사회
에서 일어난 기존 가치의 해체와 부정이라는 움직임이다. 어쩌면 당연한
변화라고 말할 수 있는 그런 태도에는, 전시 중의 일본(인)의 문화적 아이덴
티티를 전면적으로 부정함으로써 민주주의 사회로서의 전후 일본사회에
부합하는 새로운 일본(인)의 문화적 아이덴티티를 재형성하고자 하는 의식

---

45) 吉田精一·奧野健男, 유정(옮김), 『현대일본문학사』, 정음사, 1984년, 219쪽

이 있었다는 것이다.

예를 들어 아오키 타모쓰도 『일본문화론의 변용-전후 일본문화와 아이덴티티-』[46]에서 1945년~1954년을 장식하는 인물로 소설가인 사카구치 안고坂口安吾와 사회학자인 기다 미노루きだみのる를 들고, 이들은 옛 일본을 부정함으로써 새로운 일본으로 다시 태어날 것을 주장하고 있다고 지적한다.

그러면 지금부터 전후 일본의 학계를 살펴보자. 우선은 사상계이다. 패전 후에 일본 사상계를 담당했던 사람들이 공통적으로 고민했던 것은 지난 전쟁의 원인이었다. 그리고 그들은 그 원인을 일본 근대 그 자체에서 찾으려고 했다. 즉 일본 근대에 대한 재검토가 논의되었던 것이다. 정치사상가인 마루야마 마사오丸山眞男는 1946년에 발표한 「초국가주의의 논리와 심리」라는 논문에서 정치적 권력과 정신적 권위가 일원적으로 집중된 천황제의 문제점을 지적했다. 동시에 그것을 지탱했던 국민의 의식을 문제시했다.[47] 또한 오쓰카 히사오大塚久雄는 민주화를 위해서는 정치적인 주체의 확립이 필수불가결하다고 역설했다. 하지만 그것을 정립하는 것이 일본에서는 불가능했다고 한다. 그리고 그 원인을 에토스의 부재에서 찾는다. 즉 일본에서는 체면과 보이는 모습을 중시하므로 내면적 존엄을 응시하는 에토스가 전체적으로 미숙했다는 것이다.[48] 그리고 가와시마 타케요시川島武宜는 1948년에 발표한 「일본사회의 가족적 구성」이라는 글에서 일본사회의 특징으로 법질서와 권력과는 별도로 가족 제도가 사람을 복속시킨다고 주장한다. 다시 말해서 가족 제도의 특성에서 일본을 침략 전쟁으로 이끈 내적 원인

46) 青木保, 『「日本文化論」の変容戦後日本の文化とアイデンティティ-』, 中央公論社, 1990年, 53-63쪽
47) 丸山眞男, 김석근(옮김), 『현대정치의 사상과 행동』수록, 한길사, 1977년, 45~64쪽
48) 大塚久雄, 『日本社会の史的究明』, 岩波書店, 1947年, 270~290쪽

을 찾고 있다.[49] 이와 같이 패전 직후부터 1960년대 초까지 일본 지성계는 전前시기에 논의된 '근대의 초극近代の超克'과는 달리, '근대'를 초극하는 일이 아니라 온전하게 완성하는 일을 시급한 과제로 여겼던 것이다. 결국 전후 일본 사상계에서는 일본의 '근대'와 지난 전쟁을 뒤돌아보았던 것이다.

다음으로 전후 일본사회에서 일본 국문학계는 어떤 모습을 보였을까? 잘 알려진 바와 같이 지난 전쟁 시기에 『고사기古事記』・『일본서기』・『만엽집』 등과 같은 고전문학은 일본정신의 정화精華로 간주되어 침략전쟁에 제공된 전력이 있다.

> **고전문학**
>
> 예를 들어 문부성은 1937년에 『고사기』와 『일본서기』에 나오는 신화를 토대로 하여 천황에 대한 절대 복종을 역설하며 사회주의・공산주의・민주주의・개인주의・자유주의를 배격하는 내용을 담은 『국체의 본의(国体の本義)』를 발행했다.

여기에 대한 논의는 시나다 요시카즈와 야스다 토시아키安田敏朗[50] 등에 의해 최근에 본격적으로 이루어지고 있는데, 특히 시나다 요시카즈는 주목할 만한 연구자이다. 그는 좀 전에 예시했던 『고사기』 이하의 고전 가운데 『만엽집』의 전력에 관해, 『창조된 고전創造された古典』(新曜社, 1999년 4월)과 『만엽집의 발명』 등에서 자세하게 서술하고 있다. 예를 들면 그는 전후의 국어교과서를 분석하여 전시의 교과서에서 자주 다루었던 천황을 찬미하는 노래가 전후에는 보이지 않게 된 것 등을 지적한다.

또한 그는 패전 후에 나온 고등학교 국어교과서에 실려 있는 병사의 노

---

49) 川島武宜, 「日本社会の家族的構成」, 『川島武宜著作集』第十卷 수록, 岩波書店, 1983年, 15~165쪽
50) 安田敏朗, 『国文学の時空—久松潜一と日本文化論—』, 三元社, 2002年

래를 분석하여 필자와 유사한 결론을 내리고 있다. 즉 패전 후의 교과서에는 '오늘부터는'과 같은 천황에게 충성을 맹세하는 노래보다는 가족과의 이별을 읊은 노래가 압도적으로 많이 수록되어 있다고 말한다. 그리고 이런 교체差し換える는 예전의 편향을 시정하는 조치였던 것 같다고 지적한다. 다시 말하면 '충군애국정신'과 '경신敬神사상'은, '풍부한 인간성'·'너그러운おおらかな 마음'·'생기가 도는 생활감'으로 치환되었다. 그리고 예전의 군국 일본의 상징이었던 『만엽집』은 그대로 평화 일본의 상징으로 이미지 체인지에 성공했다고 강조한다. 결국 방금 언급한 국어교과서에 나타난 '교체'와 '치환'은 패전 후에 실시된 교육 민주화의 일환이며, 더 나아가 붕괴 위기에 처한 내셔널 아이덴티티를 재건하기 위한 한 방책이었다고 지적한다.51)

그리고 이와 같은 움직임을 가능하게 한 것은, 1951년 6월 이후 다케우치 요시미竹内好에 의해 전개된 논쟁이었던 '전후국민문학론'이었다고 판단된다. 즉 이 논쟁에서 논의된 문단문학과 국민과의 거리감へだたり, 정치와 문학, 근대주의에 대한 비판, 민족해방과 문학, 문학의 독자성, 국민적 언어, 문학유산의 계승과 창조, 일본낭만파의 재평가, 문학과 독자 등과 같은 여러 주제는, 그대로 "쇼와 30년대(1955년에서 1964년까지 : 인용자)이후의 문학비평과 문학사 연구에 하나의 방향성을 가져다 준 숨겨진 패러다임"52)이었기 때문이다.

---

51) 品田悦一, 『万葉集の発明 : 国民国家と文化措置としての古典』, 新曜社, 2001年 2月, 182~183쪽
52) 前田愛, 「国民文学論の行方」, 『思想の科学』, 思想と科学社, 1978年, 36쪽

전후국민문학론에서 벌어진 논쟁

'근대주의에의 비판'에서는 문학에서의 근대주의 비판을, '민족해방과 문학'에서는 민족해방을 지향하는 문학운동을, '문학의 독자성'에서는 문학의 자율성이라는 명목하에서 국민적 과제를 상실해 버린 문단문학의 현상에 대한 비판을, '문학유산의 계승과 창조'에서는 일본의 국문학자들이 제기한 문학유산의 계승과 창조의 문제를, '문학과 독자'에서는 독자론을 각각 다루었다.

결국 전후 민주주의라는 시대적 조류 속에서 일어난 새로운 일본(인)의 문화적 아이덴티티 모색의 한 단면을 선명하게 보여주는 예가, 바로 병사의 노래의 성격 규정에 대한 전후의 재해석이었다고 생각된다. 그런 의미에서 병사의 노래에 대한 미사키 히사시의 해석은 '전후' 일본사회라는 시공간에서 배태된 역사적 인식이었다고 판단된다.

04 나오면서

'일원화'를 넘어 '다원성'의 회복으로

병사의 노래에는 3가지 층위가 있다.

첫째, 병사와 그의 가족이 읊었던 병사의 노래가 있다.

둘째, 그것들을 채록한 '병사의 노래'가 있다. 이 과정에서 '병사의 노래'에 표현상의 가감이 있었을 것이다. 예를 들어 농민군인 병사들의 대부분이 문자를 이해하지 못했다는 점, 또한 그들의 노래에 귀족이 쓰는 표현이 쓰였다는 점 등을 고려해 보면, '구술된' 병사의 노래와 '문자화된' '병사의 노래' 사이에 차이가 있었음을 충분히 상정할 수 있다.

셋째, 요시노 유타카가 인식한 '병사의 노래', 마스다 카쓰미가 인식한 '병사의 노래', 미사키 히사시가 인식한 '병사의 노래'가 있다.

우리들은 첫 번째의 병사의 노래가 어떤 것인지는 현재로서는 알 수 없다. 다만 우리가 알 수 있는 것은 두 번째와 세 번째의 '병사의 노래'이다.

*

　지금까지 살펴보았던 세 번째의 '병사의 노래'에 관한 성격 논의를 정리해 보면 다음과 같다. 즉 아시아·태평양전쟁기에 요시노 유타카와 같은 연구자는 병사의 노래 가운데 앞서 예시했던 8수의 작품을 근거로 병사의 노래에서 충군애국을 읽어 냈다. 또한 마스다 카쓰미는 병사의 노래 가운데 징집 기피나 당시의 중앙정부에 대한 비판 정신 등을 읊은 몇몇 작품을 근거로 하여 병사의 노래에서 저항 정신을 발견해 냈다. 그리고 미사키 히사시는 요시노 유타카가 근거로 삼은 노래에는 천황에 대한 충성을 맹세하는 표현도 있지만, 그것과 동시에 가족과의 이별을 슬퍼하는 표현도 있음을 지적한다. 그리고 병사의 노래에 가족과의 이별을 읊은 노래가 거의 대부분이라는 것도 언급하면서 가족과의 이별을 부른 노래가 병사의 노래의 본질이라고 결론 짓는다.

　그런데 병사의 노래에서 천황에 대한 충성심을 발견한 요시노 유타카는, 병사의 노래 가운데 그들의 저항 정신을 읊은 노래와 가족과의 이별을 노래한 작품이 있었다는 것을 시야에 넣지 않는다. 한편 병사의 노래에서 저항 정신을 읽어 낸 마스다 카쓰미는 충군애국을 노래한 작품과 가족과의 이별의 슬픔을 노래한 작품을 보지 않는다. 그리고 병사의 노래에서 가족과의 이별을 슬퍼하는 병사의 심정을 발견한 미사키 히사시는 충군애국을 읊은 노래와 병사들의 저항 정신을 노래한 작품을 적극적으로 인정하지 않는다.

　요컨대 병사의 노래에 관한 논의에는 그것이 갖고 있는 '차이' 즉, 노래 1수 안에서 발견되는 차이(충군애국의 표현과 이별 표현이 공존하는 것)와 더불어 개별적인 병사의 노래가 보여주고 있는 차이(충군애국을 읊은 노래와 저항 정신을 나타낸 노래 그리고 이별의 노래)가 배제되어 있었다. 따라서 이와 같은 '차이'를 배제했다는 의미에서 그것이 의도적이었던 그렇지 않았던 간에 병사의 노래에 대한 기존 논의는 '폭력적'이었다.

병사의 노래의 본질이나 기본적인 성격基本的な性格53)을 천황에 대한 충성을 노래한 작품으로, 혹은 병사들의 저항 정신을 나타낸 작품으로, 그렇지 않으면 가족과의 이별을 노래한 작품으로 각각 정의한 기존 인식이 공유하는 것은 다름 아닌 '선택과 배제'의 원리이다. 그런 의미에서 선행연구자들은 같은 인식틀을 공유하고 있었다.

요시노 유타카로 대표되는 일련의 연구자들은 아시아·태평양전쟁기에 병사의 노래에서 천황에 대한 충성을 다짐하는 충군애국의 병사상을 발견해 냈다. 그리고 그런 병사의 노래관은 일본민족의 전통이라고 '명명'되고, 침략전쟁에 프로파간다로 동원된다. 그러나 일본 패전 후에 그와 같은 '병사의 노래'는 마스다 카쓰미와 미사키 히사시 등에 의해 부정된다.

결국 요시노 유타카의 '병사의 노래'관과 마스다 카쓰미의 '병사의 노래'관 그리고 미사키 히사시의 '병사의 노래'관은 전시 일본과 전후 일본이라는 사회적 결정성에 의해 성립된 폭력적인 시선이었다. 그리고 이런 사실을 통해 알 수 있는 것은 '문학(화) 연구'라는 것이 결코 가치중립적인 것이 아니라 다분히 정치적인 것이라는 사실이다.

이제는 문학(화) 연구라는 것이 가치중립적이라는 환상에서 벗어나야 하지 않을까? 그리고 그것이 다분히 정치적이라는 것을 인정해야 하지 않을까? 그래야만 '연구'라는 행위가 폭력적인 것이 되지 않을 수 있다. 오직 하나뿐인 진실은 진실이 아니다. 거짓이며 폭력적인 허위일 가능성이 크다.

---

53) 身崎寿, 앞의 논문(「防人歌試論」), 21쪽

사회적 결정성

일본은 패전 후 메이지시대의 대일본제국헌법을 일본국헌법으로 개정한다. 일본국헌법이 미국의 '강요'에 의해 완성된 측면도 없지 않으나 당시 일본 측도 환영했다는 것이 역사적 사실이다. 그러나 최근에 들어서는 그 '강요'만을 문제 삼아 일본국헌법, 특히 전쟁을 포기한 제9조를 개정하려는 움직임이 활발하다. 이것 또한 미국의 동북아정책과 연계된 사회적 결정성에 의해 일본국헌법에 대한 평가와 자리매김이 바뀌고 있다고 봐야 할 것이다.

병사의 노래의 '내일'

그렇다면 일본에 군국주의와 파시즘의 시대가 재차 도래하게 된다면 '병사의 노래'는 과연 어떻게 해석될까? 역사에 '가정'이란 있을 수 없지만 문학 '작품'의 '해석'에는 정치성이 개입될 여지가 충분히 있다는 것을, '전쟁의 세기'였다고 말할 수 있는 지난 20세기가 웅변적으로 보여 주고 있기에 필자는 두려울 뿐이다.

제2부

병사의 노래에 관한 보론

01   병사의 노래 수용사 : 전근대

     1 들어가면서

     2 나라시대의 '병사의 노래'

     3 에도시대의 '병사의 노래'

     4 나오면서

02   병사의 노래의 서정세계

     1 들어가면서

     2 병사의 노래의 서정세계

     3 나오면서

03   병사의 노래와 현대 일본 비판

     1 '병사의 노래'의 어제와 오늘 그리고 내일

     2 일본인에 대한 상반된 이미지

     3 한국과 일본의 국가주의

     4 한일 양국의 우호증진을 위하여

04   병사의 노래에 관한 한 · 일 연구자의 대담

1 들어가면서
2 나라시대의 '병사의 노래'
3 에도시대의 '병사의 노래'
4 나오면서

1 들어가면서

제1부 '해석의 정치학'에서는 아시아·태평양전쟁기와 아시아·태평양 전쟁기 이후, 곧 근대와 현대에서 병사의 노래가 어떻게 인식되어 왔는가를 주로 살펴보았다. 여기서는 근대 이전, 그 중에서도 나라시대(奈良時代 : 710년~784년)와 에도시대(江戶時代 : 1603년~1867년)에 그것이 어떻게 인식되어 왔는가를 고찰할 것이다. 일본의 전근대 가운데 특히 이 시대에 주목한 이유는 다음과 같다. 병사의 노래에 관한 기존 연구가 여기에 대한 고찰에 많은 관심을 보이지 않았기 때문이다. 또한 전자의 경우는 병사의 노래가 제작되었던 당대에 그것이 어떻게 인식되었는가를 알려주기 때문이고, 후자의 경우는 국학國學의 시대에 그것이 어떻게 인식되었는지를 보여주기 때

문이다.

　이와 같은 전근대 시대에 병사의 노래가 어떻게 인식되었는가를 살펴봄으로써, 우리들은 여기서 제1부에서 고찰한 병사의 노래에 대한 근대 및 현대의 인식이 얼마나 정치성을 띤 해석이었는지를 다시금 확인할 수 있을 것이다.

2 나라시대의 '병사의 노래'

　오토모노 야카모치大伴家持는 754년 4월에 병부소보兵部少輔에 임명되고, 다음 해 2월에서부터 3월에 걸쳐 지금의 오사카시와 그 주변 지역에서 병사를 검열하게 된다. 그는 그 임무를 수행하는 한편, 부하들을 시켜 병사들에게 노래(歌 : 권20·4321~4424, 총 84수)를 바치도록 한다. 그리고 병사들의 노래를 기록하는데 그치지 않고, 그 자신도 병사를 테마로 한 긴 노래인 장가 작품(長歌作品 : 권20·4331~33, 권20·4398~4400, 권20·4408~12)을 세 수나 창작한다.

병부소보
병부성(兵部省)은 율령제하에서 군정 특히, 무관의 고과, 훈련, 병마, 병기 등에 관한 것을 담당했던 부서였다. 또한 소보(少輔)는 종5위의 하(下)에 해당하는 관위이다.

병사를 테마로 한 오토모노 야카모치의 작품
병사를 테마로 한 오토모노 야카모치의 작품에는 세 장가작품 외에 권20·4334~36번 노래와 같은 단가(短歌) 작품이 있다.

오토모노 야카모치는 도토우미와 사가미 지역에서 병사의 노래가 진상되자, 그들의 심정을 이해하는 처지에서 병사를 동정하는 장가를 만든다. '이별을 슬퍼하는 병사의 심정을 짐작해서 부른 노래'(권20·4331~33번 노래, 앞으로 A라 부른다)가 그것이다. 또한 스루가·가즈사·히타치·시모쓰케·시모우사 지역에서 노래가 바쳐지자 이번에는 자기 자신이 마치 병사가 된 듯한 노래인 '병사의 심정이 되어서 그 마음을 읊은 노래'(권20·4398~4400번 노래, 앞으로 B라 부른다)를 읊는다. 그리고 시나노·고즈케 지역에서 노래가 올라오자 다시 그는 자기 자신이 마치 병사가 된 양 병사의 입장에서 '이별을 아파하는 병사의 심정을 부른 노래'(권20·4408~4412번 노래, 앞으로 C라 부른다)를 짓는다.

각각의 작품을 감상해 보자.

A
권20·4331

이별을 슬퍼하는 병사의 심정을 짐작해서 부른 노래 1수 덧붙여 단가
천황大君의 지배하에 있는 먼 관청 중에서도 쓰쿠시 지방은 적을 감시하는 진호鎭護의 요새이다 (천황이) 통치하고 계시는 여러 지방에 사람은 가득하지만 그 중에서도 아즈마 지방의 남자東男는 적과 맞설 때 자신의 몸을 돌보지 않는 혈기 왕성한 용맹한 병사軍士라고 위로해 주신 (천황의) 명대로 어머니와도 헤어져 아내의 팔베개도 하지 못하고 세월을 세고 나니와 나루터에서 큰 배에 노를 가득 걸치고 아침뜸에 뱃사공을 준비하고 석조夕潮에 노를 힘껏 다루어 소리 맞추어 저어 가는 제군君은 파도와 파도 사이를 헤치고 가서 무사히 빨리 (쓰쿠시에) 도착해 천황의 명대로 굳센 남자ますらを의 마음을 견지해 순찰을 돌고 정해진 임무가 끝나면 건강히 돌아오라고 이하히헤를 마루 근처에 놓고 소매를 접고 검은 머리를 깔고 자며 오랫동안 그리워하며 기다리고 있겠지 고향에

남겨진 사랑스런 아내들은
권20 · 4332
굳센 남자가
화살통을 메고
나갔을 때
이별을
괴로워하며 슬퍼했을 그 아내여

권20 · 4333
아즈마 지방 남자의
아내와의 이별은
추측컨대 슬펐겠지
(서로 헤어져 지내는) 세월이 길기에

B

권20 · 4398

병사의 심정이 되어서 그 마음을 읊은 노래 1수 덧붙여 단가
천황의 명대로大君の 命恐み 아내와 헤어지는 것은 슬프지만 굳센 남자의
그 마음을 불러일으켜 (떠날) 준비를 하여 집을 나섰을 때 어머니는 (나
를) 쓰다듬고 아내는 매달리며 "우리들은 목욕재개하며 당신의 안녕을
기원할 것입니다 무사히 빨리 돌아와요"하며 양소매로 눈물을 닦고 흐
느껴 울면서 말하기에 출발하는 것도 괴롭고 떠나기도 힘들어 뒤돌아보
며 점차 멀리 고향을 떠나와 산도 넘어 나니와에 도착해 석조에 배를
띄우고 아침뜸에 배를 저어 가려고 밀물을 기다리고 있을 때 봄안개가
섬 주위에 일고 학 우는 소리가 슬프게 들려올 때 아득히 고향집家을
생각해 내어 등에 멨던 화살이 휴우 하고 소리 내듯이 깊은 한숨을 쉬어
버렸다

권20 · 4399

넓은 바다에
안개가 길게 끼고
학의 우는 소리가
슬프게 들려오는 밤은
고향國辺이 생각난다

권20 · 4400

집家이 그리워
잠 못 들고 있을 때
깨나른하게 학이 울고 있다
갈대가 우거진 물가도 보이지 않는다
봄안개 때문에

C

권20 · 4408

　이별을 아파하는 병사의 심정을 부른 노래 1수 덧붙여 단가
천황의 명령을 받고서 병사로서 우리 집을 나왔을 때 어머님은 상裳의
옷자락으로 내 머리를 쓰다듬고 아버님은 흰 수염을 따라 눈물을 흘리
시면서 비탄해 하시며 말씀하시기를 "사슴새끼와 같이 혈혈단신으로 아
침 일찍 집을 나서는 사랑스런 내 아들아 오랜 세월 (서로) 만나지 못한
다면 그리워서 못 견디겠지 오늘만큼이라도 정답게 이야기 나누자꾸나"
라고 이별을 아쉬워하면서 슬퍼하신다 아내도 아이도 사방에서 달려들
어 나를 감싸고 봄새가 시끄럽게 울어 대 듯 신음소리를 내며 비탄해
한다 (내) 손에 매달리며 헤어지는 것은 괴롭다며 나를 붙들면서 쫓아오
지만 천황의 명령(에 거스르는 것)이 너무나 송구스러워 여행길에 오르
고 언덕의 돌출부를 돌 때마다 몇 번이고 몇 번이고 뒤돌아보면서 이렇
게 멀리 떠나오니 그리워하는 마음도 평원하지 않고 사모하는 마음도
괴로워서 미치겠지만 살아 있는 이 세상 사람이기에 목숨이라는 것도

예측하기 힘들다 하지만 넓은 바다의 험한 길을 섬에서 섬으로 옮겨 가
며 임무를 마치고 내가 돌아올 때까지 부모님께 아무 일도 없기를 바랍
니다 아무 탈 없이 아내는 기다려주오라고 스미요시住吉 신사에 누사幣
바쳐 정성스레 기원한다 나니와 나루터에 배를 띄우고 노를 많이 걸쳐
놓고 선원을 정비하여 아침 일찍 나는 배를 저어 나갔다고 집에 전해
주세요

권20 · 4409
가족 모두가
(나를 위해) 근신한 덕분일까
아무 일 없이
출항했다고
부모님께 말씀드려 주세요

권20 · 4410
하늘 나는
구름도 심부름꾼이라고
사람들은 말해도
집에 기념선물을 전달할
방법을 모르겠다

권20 · 4411
기념선물로
조개를 줍고 있다
바닷가의 파도는
계속해서 계속해서
높게 밀려오지만

권20 · 4412
섬의 뒤쪽54)에
배를 정박시켰을 즈음에
그 사실을 전달할
심부름꾼이 없기에
고향을 그리워하면서 앞으로 여행길을 떠나야만 하는가

상

허리 아래에 입었던 옷이다. 예를 들면 지금의 미얀마의 남자가 입는 치마와 같은 옷을 연상하면 이해하기 쉽다.

사슴새끼

사슴은 초여름에 새끼를 한 마리만 낳기에, 사슴을 "혈혈단신으로 아침 일찍 집을 나서는 사랑스런 내 아들아"의 비유로 한 것이다.

병사의 임기

병사의 임기는 원칙적으로는 3년이었으나 잘 지켜지지 않았던 것 같다. 그래서 "사랑스런 내 아들아 오랜 세월 (서로) 만나지 못한다면 그리워서 못 견디겠지"라고 읊고 있다고 생각된다.

스미요시 신사

오사카시 스미요시구(住吉区) 스미요시에 있다. 예로부터 해상의 수호신을 모신 신사로 알려져 있다. 또한 같은 이름의 신사가 규슈의 하카타(博多)시 등에도 있다.

구름도 심부름꾼

그리스 신화에서는 서풍의 신(神)인 제퓌로스가 프쉬케의 근황을 고향에 전해 주는 것으로 되어 있다.

좀 전에 인용한 제사題詞에서도 알 수 있듯이 A·B·C의 세 장가작품은

---

54) 4411번 노래의 "바닷가의 파도"가 밀려오는 섬의 뒤쪽을 가리킨다.

'병사가 겪는 이별의 아픔'을 테마로 하고 있다는 점에서 공통된다. 그럼 지금부터 각각의 장가작품이 어떤 내용인가를 좀더 구체적으로 검토해보자.

첫 번째 장가작품인 A에서 병사가 겪는 이별의 슬픔은, 제2반가反歌인 권20·4333번 노래에서 "아내와의 이별은 추측컨대 슬펐겠지"라고 추상적이면서 간결하게 나타난다. 이에 대해 두 번째 장가작품인 B에서는 병사의 이별의 슬픔이 '집(=가족)'을 그리워하는 형태로 노래된다. 즉 B의 장가 후반부에서는 "아득히 고향집을 생각해 내어 등에 멨던 화살이 휴우 하고 소리 내듯이 깊은 한숨을 쉬어버렸다"와 같이 노래된다. 또한 그 반가에서는 "고향이 생각난다"(권20·4399)·"집이 그리워 잠들지 못하고 있을 때"(권20·4400)와 같이, 병사인 '나'의 이별의 슬픔이 제각기 읊어진다. 또한 C의 장가에서 병사인 '나'의 이별의 아픔은 "그리워하는 마음도 평원하지 않고 사모하는 마음도 괴로워서 미치겠지만"과 같이 노래된다. 그리고 고향에 있는 가족의 안부를 걱정하는 '나'는,

······임무를 마치고 내가 돌아올 때까지 부모님께 아무 일도 없기를 바랍니다 아무 탈 없이 아내는 기다려주오······

와 같이 묘사된다.

한편 본 장가작품군에는 병사가 겪는 이별의 아픔과 함께, '병사를 떠나보내는 가족의 쓰라린 심정'도 잘 나타나 있다. 즉 A에서 '아내'가 제1반가인 권20·4332번 노래에서 "이별을 괴로워하며 슬퍼했을 그 아내여"와 같이 추상적이면서도 간결하게 노래된다. 이에 대해 B의 장가에서 '어머니'·'아내'가

······어머니는 (나를) 쓰다듬고 아내는 매달리며 "우리들은 목욕재개하며 당신의 안녕을 기원할 것입니다 무사히 빨리 돌아와요"하며 양소매로 눈물을 닦고 흐느껴 울면서 말하기에······

와 같이 묘사되어 있다. 또한 C의 장가에서 '어머니'·'아내'를 비롯해, '아버지'·'아이'까지 등장하여, 병사인 '나'와의 이별을 슬퍼하는 모습이

······어머님은 상의 옷자락으로 내 머리를 쓰다듬고 아버님은 흰 수염을 따라 눈물을 흘리시면서 비탄해 하시며 말씀하시기를 "사슴 새끼와 같이 혈혈단신으로 아침 일찍 집을 나서는 사랑스런 내 아들아 오랜 세월 (서로) 만나지 못한다면 그리워서 못 견디겠지 오늘만큼이라도 정답게 이야기 나누자꾸나"라고 이별을 아쉬워하면서 슬퍼하신다 아내도 아이도 사방에서 달려들어 나를 감싸고 봄새가 시끄럽게 울어대듯 신음소리를 내며 비탄해 한다 (내) 손에 매달리며 헤어지는 것은 괴롭다며 나를 붙들면서 쫓아오지만······

과 같이 생생하고 구체적으로 그려져 있다.

위에서 살펴본 A·B·C의 세 장가작품에는 병사가 겪는 이별의 아픔과 그를 떠나보내는 가족의 슬픔이 공통적으로 묘사되어 있다. 그리고 이들 세 장가작품은 천황에게 충성을 다짐하는 병사의 노래(요시오 유타카의 '병사의 노래'관), 징집에 대해 불만을 토로하는 병사의 노래(마스다 카쓰미의 '병사의 노래'관), 가족과의 이별을 가슴 아파하는 병사의 노래(미사키 히사시의 '병사의 노래'관) 가운데, 병사를 검열하고 병사의 노래를 모았던 오토모노 야카모치가 병사와 가족이 겪는 이별의 아픔을 노래하는 작품에 공감共感했던 것을 웅변적으로 말해 준다.

결국 이들 세 장가작품에는 병사의 노래가 제작된 당시에 오토모노 야카

모치가 병사의 노래를 어떻게 인식했는가, 곧 오토모노 야카모치의 '병사의 노래'관이 잘 나타나 있다. 그리고 그것은 당대에 병사의 노래가 어떻게 인식되었는지를 잘 말해 주고 있다.

3 에도시대의 '병사의 노래'

국학이란 에도 중기인 겐로쿠(元禄 : 1688년~1704년) 이후에 형성된 연구 체제를 말한다. 이 학문은 일본 고전을 문헌학적으로 연구하고, 그것을 통해 일본 고유문화와 정신을 명확히 밝히는 것을 목표로 한 것이었다. 다시 말하면 국학 연구는 '国学'이라는 말에서도 알 수 있듯이 중국을 강하게 의식한 연구 활동이었고, 『만엽집』·『고사기』와 같은 고전작품을 연구하여 일본(인)의 문화적 아이덴티티를 모색·구축하려고 했던 학술 활동이었다. 그 대표적인 국학자로는 게이추契沖, 가다노 아즈마마로荷田春満, 가모노 마부치賀茂真淵, 모토오리 노리나가本居宣長, 히라타 아쓰타네平田篤胤 등이 있다.

『고사기』

712년에 천황에게 바쳐짐. 흔히 현존하는 가장 오래된 '역사서'라고 하나, 신화를 많이 담고 있는 이 책을 과연 역사서로 볼 수 있는지는 의문이 아닐 수 없다.

이들 가운데 히라타 아쓰타네를 제외한 나머지 국학자는 『만엽집』에 관한 본격적인 주석서를 저술했다. 게이추는 『만엽집 대장기代匠記』를 남겼는데, 이것은 초고본初稿本과 정찬본精撰本으로 이루어져 있다. 또한 가다노 아즈마마로는 『만엽집 벽안초僻案抄』를 저술했다. 그리고 『만엽집 동몽초童蒙

抄』・『만엽집 차기劄記』는 가다노 아즈마마로가 강의한 것을 그의 동생인 가다노 노부나荷田信名가 필기한 것이다. 한편 가모노 마부치는 『만엽고考』를, 모토오리 노리나가는 『만엽집 옥의 소금玉の小琴』을 각각 지었다.

그런데 『만엽집 벽안초』는 『만엽집』 권1만을 주로 다루었고, 『만엽집 동몽초』는 『만엽집』 권2에서 권17까지를 취급했다. 또한 『만엽고』는 『만엽집』 20권 모두에 주석을 달았으나 어구 해석이 중심이었고, 『만엽집 옥의 소금』은 『만엽집』 권1에서 권4까지를 다루었다. 결국 『만엽집』 권20에 실려 있는 병사의 노래를 검토하는데 활용할 수 있는 주석서로는, 『만엽집 대장기』와 『만엽집 차기』가 남게 된다.

제1부에서 언급했듯이 '15년 전쟁기' 중에 병사의 노래는 천황에 대한 복종 표명의 노래로 인식되었고, 그런 성격의 노래가 병사의 노래의 '본질' 혹은 '기본적인' 성격을 나타내고 있다고 지적되었다. 그리고 천황에게 충성을 맹세하는 병사의 태도는 일본(인)의 고유한 전통이라고 강조되었다.

그렇다면 병사의 노래와 병사에 대한 이와 같은 인식을 일본 고유의 문화와 정신을 탐구했던 에도시대의 국학자들도 공유했던 것일까? 제1부에서 예시한 8수에 대해 국학자들이 어떻게 말하고 있는지 살펴보자.

『만엽집 대장기』와 『만엽집 차기』는 이들 작품 중,

권20 · 4393
천황의
명이기에
부모님을
이하히헤와 함께 두고
출정한다

권20 · 4394
천황의
명대로
활을 껴안고
날을 밝힌단 말인가
이 긴 밤을

권20 · 4403
천황의
명을 받들고
파란 구름이
떠다니는 높은 산을
넘어 왔다

권20 · 4414
천황의
명대로
사랑스런
처를
떠나간다

에 대해서는 특별히 언급하지 않는다. 예를 들어 『만엽집 차기』는 권20 ·
4403번 노래에 대해 "각별한 내용이 없다."[55]고 말할 뿐이다.

　다음으로

권20 · 4321
거절하기

---

55) 荷田春満, 『万葉集劄記』, 吉川弘文館, 1932年(단, 1736년~1741년 첫 간행), 530쪽

어려운 칙명을 받들고
내일부터
참억새와 잔단 말인가
사랑하는 이도 없이

권20 · 4328
천황의
명대로
물가를 따라
바다를 건넌다
부모님을 남겨 두고

권20 · 4358
천황의
명을 받들고
집을 나섰을 때
나의 손목을 붙잡고
울던 사랑하는 이여

에 대해 『만엽집 대장기』와 『만엽집 차기』는 어떻게 말하고 있을까?

『만엽집 차기』는 권20 · 4321번 노래에 대해

내일부터는 아내 없이 자는 것을 한탄하는 노래가 아닐까.56)

라고 추정하고, 계속해서 권20 · 4328번 노래에 대해 "위험한 여행을 슬퍼하며 읊었던 것이다."57)고 말한다. 또한 『만엽집 대장기』(정찬본)는 권20 ·

---

56) 荷田春満, 앞의 책 (『万葉集劄記』), 506쪽
57) 荷田春満, 앞의 책 (『万葉集劄記』), 508쪽

4358번 노래에 대해 "이별의 슬픔을 말한다."[58]고 단정한다.

　마지막으로 『만엽집 차기』는

　　　권20 · 4373
　　　오늘부터는
　　　뒤돌아보지 않고
　　　천황의
　　　변변치 못한 보호자로서
　　　출정하는 것이다, 나는

에 대해 다음과 같이 지적한다.

　　　　천자의 방패가 되어 병사로 떠난다는 것이다.[59]

　결국 종래 논의의 초점이 되었던 병사의 노래에 대한 국학자들의 언급을 통해 알 수 있는 것은, 전반적으로 그들은 8수의 병사의 노래에 특별한 의미 부여를 하지 않았다는 것이다. 그리고 8수의 노래에 대해 구체적으로 언급한 국학자들을 보면, 권20 · 4373번 노래에 대한 『만엽집 차기』와 같은 지적이 있었다고 하더라도, 그들은 거기에서 주로 가족과 헤어지는 병사의 이별의 아픔을 읽어 내고 있었다는 것이다. 다시 말하면 '15년 전쟁기'에 선전되었던 것처럼, 국학자들은 일반적으로 병사의 노래를 천황에 대한 복종 표명의 노래로도, 또한 병사를 천황에게 충성을 맹세하는 존재로도 파악하지는 않았다.

---

58)　契沖, 『万葉集代匠記』(精撰本), 朝日新聞社, 1926年(단, 1690년 첫 간행), 543쪽
59)　荷田春満, 앞의 책 (『万葉集劄記』), 521쪽

4 나오면서

나라시대의 오토모노 야카모치는 병사의 노래에서 가족과의 이별을 아파하는 병사의 심정을 읽어 냈다. 여기서 우리들은 병사의 노래에 대한 당시의 인식을 엿볼 수 있었다. 한편 중국을 강하게 의식하며 일본 고전연구를 통해 일본(인)의 아이덴티티를 모색·구축하려고 했던 시대인 에도시대의 국학자들은 병사의 노래에 특별한 관심조차 보이지 않았다.

제1부 '해석의 정치학'에서 살펴보았듯이 병사의 노래에 대한 근·현대의 인식에는 나라시대와 에도시대의 인식이 전혀 검토되지 않았다. 다시 말해서 우리들은 선행연구자들이 보인 병사의 노래에 대한 근·현대의 인식이 얼마나 역사적인 인식이었으며, 또한 그것이 그 시대에 걸맞은 일본(인)의 문화적 아이덴티티의 형성에 공헌했는지를 여기서도 다시금 확인할 수 있다.[60]

---

60) 이글은 『동아시아고대학』(제9집, 2004년)에 실린 논문을 대폭 수정·가필한 것이다.

병사의 노래의 서정 세계

1 들어가면서
2 병사의 노래의 서정 세계
3 나오면서

1 들어가면서

　병사의 노래에 관한 기존 연구의 주된 흐름은 병사의 노래의 본질 혹은 기본적인 성격을 묻는 것이었다. 다시 말해서 이데올로기적인 연구였다고 평가할 수 있다. 따라서 병사의 노래가 가지고 있는 서정 세계를 하나하나 면밀히 살펴보는 논의는 자연스럽게 소홀히 취급되어져 왔다. 여기서는 우선 '가족과의 이별을 읊고 있는 병사의 노래'에 나타난 서정 세계를 고찰한다.

2 병사의 노래의 서정 세계

가족과의 이별을 슬퍼하는 병사의 노래에는 아래에 든 예와 같이 주로
고향에 있는 가족에 대한 그리움이 짙게 묻어나는 작품이 많다.

> 권20 · 4343
> 내 여행旅은
> 여행이라고 단념하지만
> 집에서
> 아이를 껴안고 (내 걱정으로) 바짝바짝 마르고 있을
> 아내가 가엾다
>
> 권20 · 4344
> 일부러 잊어 버리려고
> 들을 넘고 산을 넘고
> 나는 왔지만
> 내 부모는
> 잊히지 않는다

그런데 고노시 타카미쓰神野志隆光는 이와 같은 병사의 노래에 나타나는
여행자旅人와 가족의 관계는 단순한 관계가 아니라고 지적한다. 즉 그 관계
는 "공감적 관계"이고, 그것은 "주술적"이라고 말한다.1) 그리고 그런 사실
은 가족에 대한 그리움을 읊은 노래에 자주 등장하는 '이하후斎ふ'라는 표현
에서 알 수 있다고 지적한다.2)

---

1) 神野志隆光, 「行路死人歌の周辺」, 『柿本人麻呂研究』수록, 塙書房, 1973年, 379쪽
2) 神野志隆光, 앞의 논문 (「行路死人歌の周辺」), 377-380쪽

여행자와 가족과의 관계가 공감적 관계, 즉 주술적 관계였던 것은 당시의 여행인 '旅(다비 : たび)'의 성격과 밀접히 관련되어 있다고 생각된다. 예를 들어 『만엽집』에는 '풀베개 여행(草枕旅)'이라는 어구가 많이 보인다. 또한 병사의 노래인 권20 · 4406번 노래에는 '여행은 힘들다(旅はくるし)'는 표현이 나온다. 결국 이와 같은 표현들은 당시의 여행이 얼마나 고되고 괴로웠는지를 웅변적으로 말해 주고 있다.

다음과 같은 노래는 '이하후'의 성질을 잘 나타내고 있는 노래다.

권15 · 3582, 아내의 노래
큰 배를
거친 바다에 띄우고
떠나시는 당신
무사히
빨리 돌아오세요

권15 · 3583, 남편의 노래
아무 일 없기를 하고
당신이 목욕재계하며 신에게 기원해 준다면
바다의 파도가
무수히 일어나도
사고가 나겠는가

이 노래는 권15에 실려 있는 '사신을 신라에 파견하는 노래군' 중의 부부 증답가이다. "무사히 빨리 돌아오세요"라는 아내의 말에서 알 수 있듯이, 아내는 남편의 무사 귀환을 신에게 기원하고 있다. 이에 대해 남편은 "당신이 목욕재계하며 신에게 기원해 준다면 (중략) 사고가 나겠는가"라고 응수하고 있다.

결국 여행자와 고향에 있는 가족과의 관계가 공감적 관계임을 나타내는 '이하후'는 아래와 같이 이해하는 것이 알기 쉽다.

원뜻은 경사慶事를 초래하기 위해 부정을 씻고 삼가는 것. 여행을 떠난 근친자의 무사 귀환을 기원해서 묶은 속옷의 끈을 그대로 풀지 않고 지킨다든지 집안을 그 때 그대로 보존해서 먼지를 털지 않고 둔다든지 하는 것이 그 구체적인 예이다.3)

예를 들어 『만엽집』 권20·4263번 노래인

권20·4263
빗 따위는 쳐다보지도 않는다
집안도 청소하지 않는다
먼 길을 떠나는 당신 그 당신(의 안녕)을
신에게 기원하면서 지키기 위해

는, 미사키 히사시의 설명을 이해하는데 도움이 된다.

그렇다면 이와 같은 '이하후'를 통해 가족과의 이별을 읊은 병사의 노래에는 구체적으로 어떤 서정 세계가 펼쳐져 있는 것일까?

첫 번째, 가족을 대표하는 아버지가 병사인 아들의 안전을 기원하는 노래가 있다.

권20·4347
집에 남아서
그리워하고 있는 것보다는
니가 허리에 차는

---

3) 身崎寿, 『万葉の歌ことば辞典』, 有斐閣選書, 1982年, 41쪽

칼이라도 돼서
너를 지켜주고 싶다

병사의 아버지 노래인 이 작품을 보면, "칼이라도 돼서 (너를) 지켜주고
싶다"라는 표현이 인상 깊게 눈에 들어온다. 다시 말해 이 노래에서 '집'과
'니가 허리에 차는 칼'이, 또한 '그리워하다'와 '지켜주고 싶다'가 각각 대비
되어 있다. 그 점에서 '차는 칼이라도 돼서'에는 집에서 아들인 병사를 그리
워하고 있기보다는 오히려 아들 곁에 있으면서 아들의 안전을 기원하고 싶
다는 아버지의 심정이 담겨져 있다.

두 번째, 병사가 가족에게 자신의 안전을 기원하라고 요청하는 노래
가 있다.

권20 · 4339
여러 곳을 돌아다니는
되새 · 오리 · 민댕기물떼새와 같이
(내가) 여기저기 돌아다니다
되돌아올 때까지
목욕재계하며 내 안녕을 신에게 기원하면서 기다려 줘요

권20 · 4340
아버님 · 어머님
목욕재계하며 내 안녕을 신에게 기원하면서 기다려 줘요
쓰쿠시의
바다 밑바닥에 있다는 진주를
기념선물로 가지고 돌아오는 날까지

신타니 마사오新谷正雄는 이들 노래를 "무사하기를, 하고 가족의 평온을

비는"4) 병사의 노래로 해석한다. 이에 반해 고노시 타카미쓰는 권20·
4339~40번 노래에 대해

> 병사가 가족에게 "목욕재계하며 자신의 안녕을 신에게 기원하면서 기
> 다릴"것을 요구하는 것이다. 그 '이하히'와의 공감에 의해 "돌아올"것을
> 기대해서 한 것이다.5)

고 지적한다. 권15에 있는 '사신을 신라에 파견하는 노래군'에는 다음과 같
은 작품들이 있다.

> 권20·3587
> 신라에 가시는
> 당신과 다시 만날 날을
> 오늘인가 내일인가
> 목욕재계하며 당신의 안녕을 신에게 기원하면서 기다리고 있습니다

> 권20·3636
> 가족은
> 빨리 돌아오라고
> 목욕재계하면서 신에게 기원하고 있으리라
> 고된 여행을 하고 있는 나를

> 권20·3659
> 가을바람은
> 날이 갈수록 강해집니다

---

4) 新谷正雄,「万葉羈旅歌に見る『斎ひ』をめぐって」,『国語と国文学』, 東京大学国語国
   文学会, 1999年, 25쪽
5) 神野志隆光, 앞의 논문(「行路死人歌の周辺」), 379쪽

사랑스런 아내는
언제 돌아올 거라고 생각하며
목욕재계하며 신에게 내 안녕을 기원하면서 나를 기다리고 있는 것일까

여기서 알 수 있듯이 사신으로 가는 자의 생환을 '목욕재계하며 기다리는' 것은 '가족'이다. 따라서 이와 같은 사정을 고려한다면 좀 전에 살펴본 권20·4339~40번 노래를 가족의 평온을 비는 병사의 노래라고 해석했던 신타니 마사오의 주장에는 동의하지 않는다.

세 번째, 병사가 자기 자신의 안전과 무사를 기원하지만, 결과적으로는 그것이 '어머님·아버님'을 위한 것이 된다는 노래가 있다.

권20·4402
두려운 신이 계시는 고개에
누사幣를 바쳐서
신에게 나의 안녕을 기원하는 이 목숨은
어머님과 아버님을 위해서이다

누사
신도(神道)에서 신에게 기도할 때, 또는 액풀이할 때 쓰는 종이·삼 따위를 오려서 드리운 것

고노스 모리히로는 권20·4402번 노래를

신에게 누사를 올리는 행위는 왕래의 안전, 자신의 무사를 기도하는 것이지만, 그것은 다른 사람을 위한 것이 아니다. 우리 아버님과 어머님을 위한 것이다.[6]

---

6) 鴻巣盛広, 앞의 책(『万葉集全釈』), 114쪽

고 해석한다. 예를 들면 권20에 있는 옛(昔年) 병사의 노래에는

> 권20 · 4426
> 천지의
> 신들에게 누사를 바쳐
> 신에게 자신의 안녕을 기원하면서
> 다녀오세요 당신
> 나를 생각하신다면

과 같은 노래가 있다. 여기서 '나'(=아내)는 "당신 몸은 당신만의 것이 아닙
니다."[7]라고 노래하고 있다. 이런 아내의 의식이 있었기에 권20 · 4402번 노
래와 같은 것이 만들어졌던 것이 아닐까.

권20 · 4402번 노래와 그 발상이 유사한 작품

권20 · 4402번 노래와 비슷한 발상을 보이는 것으로는 다음과 같은 작품이 있다.
권11 · 2403
(아름다운)
맑은 강변에
목욕재계하여
부정(不浄)을 없애는 이 몸도
사랑하는 이를 위해서다

네 번째, 병사가 가족의 안녕을 기원하는 노래가 있다.

> 권20 · 4350
> 마당 한가운데 계시는
> 아수하阿須波의 신神에게

---

7) 鴻巣盛広, 앞의 책(『万葉集全釈』), 138쪽

섶나무 바쳐
나는 목욕재계하며 신에게 안녕을 기원한다
무사히 돌아올 때까지

이수하

『고사기(古事記)』·노리토(祝詞)에 보이는 신의 이름으로 곡물신인 오토시노카미(大年神)의 아들
이다.

권20·4372
아시가라의 고개坂에 계시는 신으로부터 통행 허가를 받고 뒤도 돌아보
지 않고 나는 넘어 간다 용맹한 남자조차 멈춰 서서 주저하는 후와의
관문鬧을 넘어 간다 쓰쿠시의 곳에 주둔해 나는 목욕재계하며 신에게
안녕을 기원하리라 고향에 있는 모든 사람이 건강하기를 신에게 빕니다
돌아올 때까지는

아시가라의 고개

가나가와현(神奈川県)에서 시즈오카현(静岡県)으로 넘어가는 고개 중의 하나.

후와의 관문

기후현(岐阜県)에 있던 관문.

먼저 권20·4350번 노래부터 살펴 보자. 다치바나노 치카게橘千蔭가 "이
노래는 병사의 부모 혹은 아내가 불렀던 노래로 보인다."[8]고 말하고 있듯
이, 이 작품은 언뜻 보면 고향에 있는 가족이 집을 떠나는 병사의 안녕을
기원하는 것처럼 보인다. 하지만 좌주左注에는 이 노래가 병사인 와카오미

---

8) 橘千蔭, 『万葉集略解』, 国民文庫刊行会, 1911年 2月(단, 원고 완성은 1796년. 첫 간
   행은 1812년), 763쪽

베노 모로히토若麻績部諸人에 의해 읊어졌다고 적혀 있다. 따라서 이 노래를 병사의 노래가 아닌 가족의 노래라고 생각했던 선행연구자는 다음에 인용되어 있듯이 글자가 빠져 있다는 뜻으로, 탈자설脫字說을 주장한다. 탈자설을 내세우는 연구자 중에서, 예컨대 고노스 모리히로는

> 좌주의 작자인 모로히토諸人의 아래에 아버지・어머니・아내 등의 문자가 누락되었다고 생각한다.9)

고 추측한다.

이에 대해 이런 탈자설을 반박하는 입장에 서서, 사사키 노부쓰나佐佐木信綱는 권20・4350번 노래가 가족이 부른 노래처럼 보이는 것은 "작자의 제5구의 표현이 서투르기 때문이라고 해석해도 좋다."10)고 말한다. 여하튼 현존하는 『만엽집』을 존중하는 한, 즉 『만엽집』의 여러 사본을 비교 검토할 수 있는 『교본만엽집校本万葉集』을 검토한 결과, '제인諸人' 아래에 탈자기 있었다는 흔적은 발견할 수 없었다. 탈자설을 근거로 하여 권20・4350번 노래를 가족이 병사의 무사를 기원한 노래라고 생각하는 것은 역시 무리이다. 이 노래는 병사의 노래인 것이다.

한편 권20・4350번 노래를 병사 자신의 노래라고 규정했을 때, 이 노래는 병사가 자기 자신의 무사를 비는 노래라고 해석될 수도 있고, 병사가 가족의 안녕을 기원하는 노래라고도 해석될 수도 있다. 그런데 애석한 것은 권20・4350번 노래만을 검토했을 때는 이 노래가 어떤 노래인가를 결정하기 어렵다는 것이다. 그래서 여기서는 우회적인 방법을 취하고자 한다. 즉 이 노래와 비슷한 표현구조11)를 갖고 있는 권20・4372번 노래를 고찰하여

---

9) 鴻巣盛広, 앞의 책(『万葉集全釈』), 60쪽
10) 佐佐木信綱, 앞의 책(『評釈万葉集』), 138쪽

권20·4350번 노래가 어떤 노래인가를 생각해 보고자 한다.

권20·4372번 노래에서 문제가 되는 것은 "모든 사람이 건강하기를 신에게 빕니다諸は幸くと申す"의 해석이다. 먼저 '제諸'에 대해서 검토해 보자. 게이츄契沖가 일찍이 '제'에 대해서, "많은 사람衆人이다. 부모·형제·처자·붕우에 미칠 것이다."[12]고 지적했듯이, '제'는 붕우까지를 포함한 고향에 남겨진 가족이었다고 생각한다. "모든 사람이 건강하기를 신에게 빕니다"의 해석에서 남겨진 어려운 문제는 '제'를 대상으로 볼 것인가, 그렇지 않으면 주격으로 볼 것인가이다. 즉 이 어구를 병사가 '고향에 있는 모든 사람이 건강하기를 신에게 빕니다'로 해석할 것인가, 혹은 '고향에 있는 모든 사람은 (병사인 내가 항상) 건강하기를 신에게 빕니다'로 해석할 것인가이다. 다치바나노 치카게는 전자의 입장에서

    고향의 부모·처자·친족 모두 건강하기를 바라며 나는 신에게 기원한다는 것이라고 생각한다.[13]

고 말한다. 한편 후자에 속하는 가모치 마사즈미鹿持雅澄는

    고향의 친척 모두는 병사인 내가 마침내 고향에 돌아올 때까지 (중략) 신에게 기원한다는 것이라고 생각한다.[14]

고 지적한다.

필자는 '제'를 대상으로 판단하여, 이 노래를 다치바나노 치카게와 같이

---

11) 둘 다 「我は斎はむ」·「帰り来までに」를 공유하고 있다.
12) 契沖, 앞의 책 (『万葉代匠記<精撰本>』), 200쪽
13) 橘千蔭, 앞의 책 (『万葉集略解』), 774쪽
14) 鹿持雅澄, 『万葉集古義』, 名著刊行会, 1928年(단, 원고 완성은 1830년~57년), 430쪽

해석하고자 한다. 그 근거는 다음과 같다.

먼저 이미 이토 하쿠가 지적했듯이, 자신의 행위에 대한 겸양 표현인 '빕니다申す'15)가 사용되고 있다는 것은 무시할 수 없다.

다음으로 주목하고 싶은 것은, 제2부 '병사의 노래 수용사 : 전근대'에서 언급했듯이, 병사의 노래와 밀접한 관련을 맺고 있는 오토모노 야카모치의 작품에 나타난 표현구조이다. 즉 병사의 이별을 테마로 한 작품 중에서 특히 오토모노 야카모치 자신이 마치 병사가 된 것처럼 읊고 있는 권20·4398번 노래에 나오는 다음과 같은 어구를 주목하고자 한다.

> 권20·4398
> 천황의 명이기에 아내와 헤어지는 것은 슬픈 일이지만 강직한 남자의 그 마음 떨치어 내어 채비를 하여 집을 떠나려고 했을 때 어머니는 내 머리를 쓰다듬고 아내는 매달리며 "어떻게 해서든지 무사히 있으면서 우리들은 목욕재계하며 신에게 기원합니다我は斎はむ 별 탈 없이 하루라도 빨리 돌아오라"고 ······

여기서 "우리들(= 어머니·아내)은 목욕재계하며 신에게 기원합니다"의 대상은 바로 직후에 나오는, "별 탈 없이 하루라도 빨리 돌아오라"는 표현이다. 물론 이 표현이 병사의 안녕을 가리킨다는 것은 두말할 나위도 없다. 요컨대 "우리들은 목욕재계하며 신에게 기원합니다" 다음에는 구문구조상 기원하는 대상이 나온다. 이것을 생각한다면 지금 검토하고 있는 권20·4372번 노래의 경우도, "우리들은 목욕재계하며 신에게 기원합니다" 다음에 나온 '제'는 대상으로 파악해야 하지 않을까.

그런데 "나(혹은 우리들)는 목욕재계하며 신에게 기원한다"는 표현은, 『만

---

15) 伊藤博, 『万葉集釈注』, 集英社, 1998年, 505쪽

엽집』에서는 방금 살펴본 권20·4398번 노래·권20·4372번 노래와 좀 전에 미루어 두었던 작품인 권20·4350번 노래에 나오는 "우리들은 목욕재계하며 신에게 기원합니다"뿐이다. 따라서 권20·4350번 노래의 경우도 "우리들은 목욕재계하며 신에게 기원합니다" 다음에 신에게 기원하는 대상이 온다고 생각하는 것이 자연스럽다. 단지, 이 노래에서는 그 대상이 생략되어 있었던 것이다. 그런 의미에서 권20·4350번 노래도 권20·4372번 노래와 같이 병사인 내가 가족의 안녕을 기원하는 노래라고 판단된다.

이상과 같이 여행자와 고향에 남겨진 가족이 공감적 관계에 있음을 나타내는 '이하후'를 통해 가족과의 이별을 슬퍼하는 병사의 노래에 나타난 서정 세계를 살펴보았다. 그리고 그 서정 세계에 나타나 있는 서로의 안녕을 기원하는 여행자와 가족의 모습을 다음과 같이 구체적으로 확인할 수 있었다.

첫 번째, 가족을 대표하는 아버지가 병사의 안전을 기원하는 노래가 있었다. 두 번째, 병사가 가족에게 자신의 안전을 기원하라고 요청하고 있는 노래가 있었다. 세 번째, 병사가 자기 자신의 안전과 무사를 기원하지만, 그것이 결과적으로는 '어머님·아버님'을 위한 것이 된다는 노래가 있었다. 네 번째, 병사가 가족의 안녕을 기원하는 노래가 있었다.

덧붙여 『만엽집』에서 '이하후'의 용례는 총 47개 정도이다. 모든 '이하후'의 용례를 검토해 본 결과, 거기에 나타난 서정 세계는 여기에서 살펴본 '이하후'의 서정 세계와 거의 비슷하다는 것을 알 수 있었다. 단지, 권15에 수록된 '사신을 신라에 파견하는 노래군'에는 다음과 같이 고향에 남아 있는 가족이 여행을 떠나는 자신의 안녕을 기원하고 있을 것이라고 추측하는 여행자의 노래가 있다.

권15 · 3636
가족은
빨리 돌아오라고
목욕재계하며 내 안녕을 신에게 기원하면서 기다리고 있으리라
여행 떠나는 나를

권15 · 3659
가을바람은
날이 갈수록 불기 시작했다
사랑스런 아내는
언제 돌아올 거라고 나를
목욕재계하며 내 안녕을 신에게 기원하면서 기다리고 있는 것일까

그런데 이와 같은 것은 병사의 노래의 서정 세계에서는 보이지 않는다. 이런 '차이'에 관한 구체적인 검토는 다음 기회에 하기로 한다.

3 나오면서

여기서는 여행자와 고향에 있는 가족이 공감적 관계에 있음을 나타내는 '이하후'를 중심으로 하여 가족과의 이별을 읊은 병사의 노래에 나타난 서정 세계를 살펴보았다.

앞으로 병사의 노래에 대한 연구는 이데올로기적인 접근보다는 오히려 개개의 작품을 구체적으로 논한 뒤, 그것들은 전체적으로 바라보는 연구로 나아가야 하지 않을까.16)

---

16) 이글은 『일어일문학연구』(제49집, 2004년)에 실린 논문을 대폭 수정·가필한 것이다.

추상적 경험주의자

『사회학적 상상력』으로 잘 알려져 있는 사회학자인 C. 라이트 밀즈는 사회구조와 역사와 관련되는 문제보다는 사소한 문제를 연구 주제로 삼는 연구자를 추상적 경험주의자라고 불렀다. 여기서 살펴본 '병사의 노래의 서정세계'와 같은 연구가 거기에 포함될 수도 있겠지만, 이글과 '제1부 해석의 정치학'을 같이 읽어 본다면 필자는 적어도 추상적 경험주의자는 아니지 않을까.

03 병사의 노래와 현대 일본 비판

1 '병사의 노래'의 어제와 오늘 그리고 내일
2 일본인에 대한 상반된 이미지
3 한국과 일본의 국가주의
4 한일 양국의 우호 증진을 위하여

1 '병사의 노래'의 어제와 오늘 그리고 내일

아시아·태평양전쟁기에 문예지와 단가短歌 및 하이쿠俳句지, 그리고 신문지상에 거의 매일 같이 전쟁을 읊은 수많은 단가와 하이쿠 등이 게재되었다는 것은 잘 알려진 사실이다. 이들 노래들은 성전聖戰에 대한 결의를 표명한 것이었다. 결국 전쟁의 시대는 적어도 일본에서는 시가詩歌 융성의 시대였다. 그것은 산문보다 시가가 전쟁의 감동을 표현하는데 적합한 문예였기 때문일 것이다. 그리고 충군애국을 읊은 노래의 '전통'을 뒷받침해 주었던 것이 다름 아닌

권20 · 4373
오늘부터는
뒤돌아보지 않고
천황의
변변치 못한 보호자로서
출정하는 것이다, 나는

과 같은 『만엽집』에 실려 있는 병사의 노래였다. 그리고 천황에 대한 충성을 맹세하는 노래라는 '병사의 노래'를 의식적으로든 그렇지 않든 간에 이론적으로 지탱해 주었던 것이 오리구치 시노부折口信夫와 요시노 유타카吉野裕 등의 글이었다.

오리구치 시노부는 병사의 노래를 아즈마 지방東国의 농민병이 신민의 병사로서 천황에 대한 복속을 맹세하는 노래[17]로 간주했고, 그것은 아시아·태평양전쟁기에 폭넓은 지지를 얻었다. 또한 요시노 유타카는[18] 병사이 노래를 원정 군단으로서의 입대 선서식과 같은 성격을 갖는 노래라고 지적했다.

그러나 일본 패전 후에는 이러한 병사의 노래에 대한 시각은 180도로 변했다. 즉 미사키 히사시身崎寿와 이토 하쿠伊藤博 등에 의해 병사의 노래는 가족과의 이별을 가슴 아파하는 성격을 띤 노래라고 재평가 받았다. 그리고 지금 이 견해에 반대하는 연구자는 아마도 없을 것이다. 이 병사의 노래관이 설득력을 얻고 있는 것은

권20 · 4346
어머니와 아버지가

---

17) 折口信夫,「万葉集研究」,『古代研究 国文学編』, 1928年, 150쪽
18) 吉野裕, 앞의 책(『防人歌の基礎構造』), 130쪽

(내) 머리를 쓰다듬으면서
무사하라고
한 말이
잊혀지지 않는다[19]

권20 · 4425
"병사로
출병하는 사람은 누구의 남편?"
이라고 묻는 사람을
보면 부럽다
아무런 근심 걱정도 없이[20]

와 같은 가족과의 이별을 읊은 노래가 병사의 노래에 많이 남아 있기 때문일 것이다.

그런데 '노래수'가 병사의 노래관을 결정짓는 것이었다면, 병사의 노래 대부분을 차지하는 가족과의 이별을 아파하는 노래는 그 숫자상에 있어 전시 중이나 전후에 변동이 있는 것이 아니기에 전시 중에도 병사의 노래의 기본적인 성격은 가족과의 이별을 가슴 아파하는 노래로서 인식됐어야 하지 않았을까. 하지만 역사적 사실은 그렇지 않았다.

결국 쇼와昭和의 익찬翼贊체제하에서 충군애국의 상징으로서의 만엽万葉상이 거국적으로 선전되었고, 그 역할을 적극적으로 담당했던 것 가운데 하나가 병사의 노래였다. 한편 패전 후에 형성된 병사의 노래관은 전후민주주의와 평화주의라는 시대적 배경에 크게 영향을 받았다.

---

19) 父母が 頭かき撫で 幸くあれて 言ひし言葉ぜ 忘れかねつる
20) 防人に 行くは誰が背と 問ふ人を 見るがともしき 物思もせず

> **익찬체제**
>
> 1942는 도죠 히데키(東条英機)에 의해 시작된 체제이다. 일국 일정당체제로 군부 파시즘 지배체제라고 평가할 수 있다.

그런데 패전 후에 나타난 병사의 노래에 관한 새로운 해석으로 인해 지난 전쟁에 협력했던 병사의 노래는 아이러니컬하게도 전쟁협력에 대한 면죄부를 얻게 되고, 또한 쇼와의 익찬체제하에 전의를 고취시키는데 이용된 『만엽집』도 그 책임으로부터 벗어나게 된다. 그리고 전쟁에 협력했던 『만엽집』은 가족과의 이별을 슬퍼하는 노래라는 인간적인 보편성을 읊은 가집 歌集으로 얼굴을 바꾸어 다시 태어나게 된다.

앞에서도 지적했지만 패전 후에 병사의 노래는 가족과의 이별을 슬퍼하는 노래로 인식되게 된다. 그리고 그런 해석에는 전후민주주의와 평화주의가 큰 영향을 미쳤다. 그런데 병사의 노래에는 충군애국을 읊은 노래도 있고, 가족과의 이별을 아파하는 노래도 있다. 그리고 노 마스다 카쓰미[21]가 이미 언급했듯이

> 권20 · 4343
> 나는 어차피 여행旅은
> 여행이라고 체념이라도 하지만
> 집에서
> 아이를 부둥켜안고 수척해 있을
> 아내가 가엾어 못 견디겠다
>
> 권20 · 4364
> 병사로

---

21) 益田勝実, 앞의 논문 (「防人等」), 39쪽

떠나려고 하는 어수선함에 정신을 빼앗겨
아내에게
농사에 관해
아무 말도 못하고 떠나 왔던가

와 같은 노래도 있다. 이 작품을 그는 정부의 강압적인 징집을 고발한 것이
라고 말한다.
또한 그는

권20・4376
이런 긴 여행이
되리라는 것을 알지 못하고
어머님과 아버님께
제대로 안부도 전하지 못하고 온 것이
지금에 와서는 후회스러워 못 견디겠다

권20・4382
후타호布多富[22] 촌장은
질이 나쁜 사람이다
갑작스레 병을 얻어
내가 고통 받고 있을 때
병사로 명하다니

와 같이 병사로 징집되는 것을 기피하는 심정을 토로한 것도 있다고 지적
한다.
계속해서 병사의 노래에는

---

22) 미상(未詳).

권20 · 4401
군복의
옷자락에 달라붙어
우는 아이를
남겨 두고 왔다
어미도 없는 것인데

와 같이, 가정 사정을 무시한 채, 징집·소집徵召하는 현실을 폭로하고 있는 작품도 있는 것이다(이들 작품들을 가족과의 이별을 읊은 노래라고도 간주할 수도 있지만, 이들 노래와 가족과의 이별을 읊은 노래에는 그 표현성에 차이가 있기에 필자는 이 둘을 다른 성격의 노래라고 생각한다).

결국 병사의 노래에는 적어도 충군애국을 읊은 노래, 가족과의 이별을 가슴 아파하는 노래, 병사의 저항 정신을 읊은 노래가 있는 것이다. 그런데 그때 그때의 시대에 영합하는 형태로 전시 중에는 충군애국을 노래한 작품이, 한편 패전 후에는 가족과의 이별을 읊은 작품 혹은 병사의 저항 정신을 읊은 작품이 제각기 선택되고 그 밖의 노래는 배제되었던 것이다.

현재 일본에서는 이미 '교육기본법'이 개정되었고, '일본국헌법 제9조'의 개정 움직임도 있다. 만약 시대가 변하면 병사의 노래의 기본적인 성격은 좀 지나친 말이 될지 모르겠지만, 재차 전시 중의 병사의 노래관으로 되돌아갈 가능성도 있다고 본다. 왜냐하면 '기본적인' 성격이나 '본질'을 묻는 논의에는 문제를 단순화해 버리는 경향이 있기 때문이다.

병사의 노래에 관한 프로파간다가 성공한 것은?

전국(戰国)시대 무사의 주종 관계와 도쿠가와(德川)시대의 막번(幕藩)적인 군신 관계 및 메이지 이후의 천황과 신민 사이에서 요구되었던 것은, 주군 혹은 천황에 대한 일방적인 충성이었다. 곧 '주군이 주군답지 않으면 떠나라'가 아니라 '주군이 주군답지 않아도 신하는 신하답지 않으면 안 된다'였다(마루야마 마사오(외), 『사상사의 방법과 대상』, 소화, 1997년, 47쪽). 이와 같은 역사적 배경이 있었기에 아시아·태평양전쟁기에 병사의 노래에 관한 프로파간다도 유포되기 쉬웠던 것은 아닐까.

2 일본인에 대한 상반된 이미지

필자가 일본에 처음 간 것은 1995년 가을이었다. 일본문학연구의 본고장에서 일본의 '고전'인 『만엽집』을 제대로 공부하기 위해 유학을 결심했던 것이다. 당시에는 아직 인천국제공항이 건설되지 않았기에 김포공항을 이용했다. 배웅 나온 가족과 헤어져, 출국 수속을 마치고 탑승 시간을 기다리고 있는 사이에 나는 내가 탈 것이라고 예상되는 점보 비행기를 마음속에서 은근히 기대했었다. 사실 그때 처음으로 비행기를 타는 것이었다. 그런데 눈에 들어온 것은 내가 상상한 것과는 전혀 다른, 너무나 보잘 것 없는 작은 비행기였다. 언뜻 보기에 장난감처럼 보였다. 나중에 안 사실이지만, 내가 탔던 비행기가 그렇게 보잘 것이 없었던 것은 지금과는 달리 그 당시 김포―신치토세新千歳 구간을 왕복하는 손님이 적었기에 소형 비행기가 오갔던 것이었다.

기내 안으로 들어가서 내가 앉을 좌석으로 갔다. 내 좌석 옆에는 대략 40대로 보이는 아주머니가 앉아 있었다. 돌이켜 보면 그 분에게는 대단히 실례되는 이야기지만, 그때 나는 내 옆에는 반드시 젊고 예쁜 아가씨가 앉아 있을 것이라고 상상했다. 그러기에 그런 기대에 어긋나는 현실에 상당히 실망했다. 바로 그 순간이었다.

"어디까지 가세요?"

그 아주머니가 나에게 말을 걸어왔다. 그것도 일본어로. 나는 머릿속이 순간 텅 비어 버렸다. 그 질문에 뭐라고 대답했는지 전혀 기억이 나지 않는다. 단지 지금도 기억에 남아 있는 것은 상대방의 질문을 받았을 때 내가 엄청난 '공포심'을 느꼈다는 것이다. 왜냐하면 그녀의 한마디로 내 주위에 앉아 있는 사람들이 거의 모두 다 '일본인'이라는 사실을 알게 되었기 때문이다. "왜 그때 그런 것으로 공포감을 느꼈을까"하고 의아해 하는 독자도 있을 지도 모른다. 그러나 당시의 필자에게는 그럴 만한 이유가 있었다.

한국에서 대학을 다녔을 때 필자는 일본어교육을 전공했다. 당연한 말이지만 4년간 일본어를 배웠던 것이다. 하지만 졸업할 때까지 일본인과 이야기를 나눌 기회는 거의 없었고, 따라서 일본어로 일본인과 대화할 자신은 전혀 없었다. 게다가 일본인 집단 속에 혼자 들어간 적도 없었다. 그러나 사실 그것만이 이유는 아니었다. 진정한 이유는 당시 필자가 가지고 있던 일본인에 대한 이미지 때문이었다.

당시 필자에게는 '근면·절약'이라는 비교적 긍정적인 일본인의 이미지도 있었지만, 그것과 동시에 '잔혹·잔인'이라는 부정적인 일본인의 이미지도 있었다. 굳이 말할 필요도 없지만 '잔혹·잔인'이라는 일본인에 대한 부정적인 이미지는 학교 교육과 미디어 등을 통해 필자의 뇌리에 새겨져 있던 이미지였다. 그런 일본인에 대한 마이너스의 이미지가,

"어디끼지 가세요?"

라는 '일본어'에 의해 표면화되었던 것이다. 그러나 그때 필자가 느꼈던 공포감은 다행스럽게도 기우로 끝났다. 게다가 그런 감정은 그리 오래 가지도 않았다. 왜 그런고 하니 세뇌된, 그리고 머릿속에서만 상상했던 일본인이 아니라 '살아 있는' 일본인과의 만남이 곧바로 시작되었기 때문이다.

3 한국과 일본의 국가주의

지금은 제2의 고향이나 다름없는 홋카이도北海道의 삿포로札幌에서 8년 가까운 유학생활을 보내면서 적지 않은 일본사람들과 만났다. 유학생이라

는 신분이었기에 당연한 이야기이지만 대학생 및 대학원생과 접촉하는 기회가 많았다. 남녀를 불문하고 그들은 상냥했고 친절했다. 다른 사람에 대한 배려도 있었고, 외국인에 대해서도 호의적이었다. 어쩌면 그것은 학생이라는 신분과 홋카이도라는 지역성 때문인지 모른다. 한편 일본인과 접촉하는 사이에 나를 놀라게 하는 것이 있었다. 그것은 그들의 상냥함이나 친절함이 아니었다. '민족'과 '조국'에 대한 그들의 의식이었다.

> **홋카이도**
>
> 이 땅은 원래 아이누라는 원주민이 살았던 곳인데, 일본이 1869년에 개척사를 두고 홋카이도라고 부르기 시작했다. 홋카이도의 사람들이 대체적으로 타지방 사람이나 외국인에게 개방적인 것은 이곳에 사는 사람들도 본래 일본의 다른 지방에서 이주해 온 사람들이기 때문이다.

필자와 달리 당시 그들은 '민족'과 '조국'이라는 말에 그다지 흥미를 보이지 않았다. 더욱이 내가 알고 있는 대부분의 학생들은 그 말을 터부시조차 했다. 유학을 하고 있던 나는 '민족'을 위해, '조국'을 위해 자신의 목숨도 버릴 수 있다고 생각하고 있었지만, 그들은 전혀 달랐다. 나와 같은 생각을 가지고 있는 사람은 적어도 내 주위에는 없었다. 충격이었다. 그러나 내가 깜짝 놀란 것은 사실은 그들이 가지고 있는 '민족'과 '조국'에 대한 희박한 의식이 아니었다. 그들에 의해 자각된 내가 가지고 있는 '민족'과 '조국'에 대한 생각이었다. 필자가 가지고 있던 민족관·국가관이 설령 저항적인 민족주의라고 해도 아시아·태평양전쟁기의 일본에 횡행했던 그것과 비슷한 점이 많았던 것이었다. 인정하고 싶지 않았다.

필자는 1980년대 후반에 대학에 들어간 세대다. 당연한 말이지만 이 세대는 국가國歌인 '애국가'를 누구라도 외우고 있었다. 달리 말하면 어렸을 때부터 '국가'를 외우도록 교육을 받았다. 그것만이 아니라 '국기에 대한 맹세'·'국민교육헌장'도 외우도록 교육받았다. 그리고 '민족'과 '조국'을 위해 자신의 고귀한 생명도 아까워 하지 않고 버릴 수 있는 인간으로 길러졌다. 그런 의미에서 20여 년 전의 한국은 아시아·태평양전쟁기의 일본과 비슷한 점이 없다고는 말할 수 없을 것이다. 그것은 아마도 한국전쟁으로 인해 민족상잔의 비극을 겪은 경험, 그리고 그것으로 인해 분단이 고착화된 것이 적지 않은 영향을 미쳤다고 생각한다.

한·중·일에 있어서의 '민족'과 '국가'

소설가이자 문창과 교수인 임철우는 '한·중·일에 문학은 무엇인가'(한겨레신문, 2008년 10월 16일자)에서 한·중·일이 '민족'과 '국가'에 대해 상이한 의미와 관점을 보이는 이유를 불행했던 근대사에서 찾고 있다. 그는 일본의 비판적 문학인과 지식인에게 그것들은 벗어나야 할 울타리 혹은 흐름을 멈춘 늪이라고 지적한다. 한편 중국에게 그것은 과거의 영광을 복원해야 할 주체 혹은 거대한 원심력이라고 말한다. 그리고 한국에게 그것은 여전히 진행 중인 미완성의 단어라고 말한다.

한편 지금의 일본은 어떤 사회인가? 아시아·태평양전쟁은 1945년 8월 15일로 끝났다. 그것을 '종전'이라 부르던 '패전'이라 부르던, 전후 일본은 새로운 체제를 만들어 냈다. 후지하라 키이치藤原帰一23)의 표현을 빌린다면, 일본은 호헌민족주의로서의 민주주의 사회를 만들었다. 천황은, 실제로는 그렇게 생각되지 않는 것도 없지 않지만, 헌법상으로는 상징적 존재가 되었다(헌법 제1조). 그런 의미에서 전시기의 일본과 지금의 일본은 전혀 다른 사회가 된 듯하다. 그러나 전쟁 포기를 규정한 '일본국헌법 제9조'를 개정하고자 하는 움직임, 또한 교육 헌법이라 할 '교육기본법'의 개정 등을 보면 과거와 단절된 일본이 아니라 연속된 일본의 모습이 떠오른다.

---

23) 藤原帰一, 『戦争を記憶する―広島·ホロコーストと現在』, 講談社, 2001年, 109~110쪽

개번 매코맥과 사카이 나오키

개번 매코맥과 사카이 나오키는 야스쿠니 신사 참배, 개헌, 역사교과서 개정, 자위대 강화 등의 일련의 움직임을 일본 내셔널리즘의 강화라고 보기 보다는 일본의 대미종속의 강화라는 시점으로 파악한다. 자세한 것은 개번 매코맥『종속국가 일본-미국의 품에서 욕망하는 지역패권』(창비, 2008년 9월)과 사카이 나오키『일본 영상 미국-공감의 공동체와 제국적 국민주의』(그린비, 2008년 9월)를 참조하기 바란다.

4 한일 양국의 우호 증진을 위하여

필자는 최근 매일 아침 오전 8시 15분에 일어난다. NHK의 아침 드라마인 '순정 키라리純情きらり'를 시청하기 위해서다. 지금 재직하고 있는 직장의 성격상 본의 아니게 밤형 인간이 되어 버린 나로서는 그 시간대에 일어나는 것은 무척 힘들다. 하지만 아내가 그 드라마를 즐겨 보기 때문에 드라마의 시청은 제1회에서부터 지금까지 이어지고는 있다.

이 드라마의 주인공은 아리모리 사쿠라코有森桜子이다. 그녀는 동경음악학교에 입학하기 위해 재수생활을 보내면서 스승인 사이온지西園寺 교수가 운영하고 있는 학원에 다니고 있다. 드라마의 시대적 배경은 아시아·태평양전쟁기다. 어느 날 사이온지 교수는 육군으로부터 군가 제작을 위탁받고 고뇌에 고뇌를 거듭하다가 '황국의 신민皇国の民'이라는 군가를 제작하게 된다. 결국 지난 전쟁기에 단가·하이쿠·시와 같이 노래도 선동의 수단으로 정치적으로 악용되었던 것이다.

그런데 지금의 일본은 세계적으로 자랑할 만한 평화헌법을 토대로 하여 건설되었다. 그러기에 짧지 않았던 일본 생활에서 필자는 일본의 양심을 믿었다. 즉 아시아의 여러 나라와의 사이에 놓여 있는 전쟁책임과 전후책임의 문제가 일본 주도로 합리적으로 해결될 수 있을 것이라고 확신했다.

그러나 현실은 너무나도 달랐다. 그럼에도 불구하고 필자는 일본 국민을 믿고 싶다. 왜냐하면 앞에서도 언급했듯이 일본 국민은 전시 중과 전후에 있었던 병사의 노래 연구에 본질주의가 들어가 있는 것을 알게 되었고, 또한 그런 논의가 시대에 영합하기 쉽다는 것을 알고 있기 때문이다. 또한 평화를 위한 전쟁이라는 것이 없다는 것에도 공감하고 있기 때문이다.

한편 아시아의 여러 나라 가운데서, 특히 한국과 일본과의 관계 개선을 위해 필자가 할 수 있는 것은 무엇일까? 한·일 간에는 식민지와 전쟁의 기억이라는 부(負)의 유산도 있지만, 그것보다 긴 친선교류의 역사도 있다. 지금 필요한 것은 그런 기억을 되살리는 것이 아닐까? 그 작업의 일환으로 필자는 2006년 3월에 일본 나라(奈良)대학에 재직하고 있는 우에노 교수의 책인 『천년의 연가 만엽집』을 한국어로 번역·출판했다.[24] 한국 독자는 이 번역서를 통해 1300여 년 전 일본 열도에 살았던 사람들과 만날 수 있고, 그들과 공유할 수 있는 부분이 적지 않다는 것을 느낄 수 있었을 것이다. 필사가 지금 일본인 아내와 즐거운 커뮤니케이션을 나누면서 서로간의 '경계'를 넘듯이 말이다.

이번 번역을 시작으로 인간의 보편성을 전해 주는 일본의 고전을 적극적으로 번역하고 싶다. 자신을 위해서도, 아내를 위해서도, 그리고 한·일 양국의 우호 증진을 위해서도.[25]

---

24) 上野誠, 『万葉にみる 男の裏切り·女の嫉妬』, NHK出版, 2002年
25) 이 글은 『国文学 解釈と教材の研究』(学灯社, 2006年)에 실린 논문을 수정·가필한 것이다.

04 병사의 노래에 관한 한·일 연구자의 대담

대담 : 우에노 마코토上野誠[26) × 박상현

우에노 마코토(이하, '우에노'로 약칭)

　일본과 한국에서 활동하는 연구자끼리 이메일로 대담하다니…… 736년에 일본에서 신라로 건너갔던 견신라사가 이 이야기를 들었다면 기절초풍하겠습니다(견신라사가 읊은 작품은 『만엽집万葉集』 권15·3578~3722번 노래들이다). 정말이지 일본과 한국은 가까워졌습니다. 어떤 잡지에 쓰신 것은 읽었습니다만, 박교수님은 일본 유학 중에 혹시 일본에서 살해되는 것은 아닐까라는 공포감을 가지고 계셨다면서요?(웃음) 그런 박교수님이 『만엽

---

26) 일본 나라(奈良)대학교 교수. 이 대담은 2007년 1월에서 3월 사이에 걸쳐 이메일로 이루어졌다.

집』을 전공하고자 했던 계기는 무엇입니까?

박상현 (이하, '박')

글쎄요. 제가 대학을 다녔을 때에는 일본문학이라고 하면 일본의 근·현대문학을 가리켰습니다. 그리고 그 중에서도 장르로 말한다면 소설이 연구의 중심이었습니다. 제가 좀 삐딱해서요.(웃음) 그래서 저는 남과 다른 것을 하고 싶었습니다. 일본을 연구한다면 이왕이면 일본문화의 원류를 파고들고 싶었습니다. 『만엽집』에 흥미를 갖게 된 동기입니다.

우에노

박교수님이 '삐딱하시다니', 참 잘 됐습니다. 덕분에 『만엽집』을 연구하는 한국인 연구자를 확보할 수 있게 됐으니까요. 방금 일본문화의 원류라고 말씀하셨는데, 그런 견해도 가능하리라고 생각합니다. 5음音·7음·5음·7음·/음이라는 짧은 가체歌体에 화조풍월의 변화와 자신의 연심恋心을 담는 노래 형태는 만엽万葉시대에 생겼습니다. 그것은 천년 이상 이어지는 일본 시가詩歌의 기층문화와 같은 것이 되었으니까요. 그런 의미에서 '원류'라고 말하지 못할 것도 없습니다. 하지만 그것이 문자로 전달되게 된 것은 한자를 배웠기 때문입니다. 한반도에서는 한자로 모국어를 표기하는 '이두'가 일찍부터 시작되었습니다만, 일본의 만엽가나仮名와 같은 문자인 한글은 15세기에 들어 등장하게 됩니다.

만엽가나

나라(奈良)시대에 국어 표기로 널리 쓰였던 표기법이다. 특히 『만엽집』에 많이 쓰였기에 그렇게 부른다. 한자 본래의 의미를 살리기 보다는 일자일음(一字一音)으로 그 의미를 나타냈다. 예를 들어 근대를 전후로 하여 일본이 '아메리카'를 '亜米利加'를 표시했던 것과 같다고 생각하면 이해하기 쉽다.

저는 일본에서 '가나'가 발달하게 된 이유를 다음과 같이 생각합니다. 요컨대 일본은 한자문화권의 '변경'이였다는 겁니다. 게다가 바다로 가로막혔기에 사람과 사람의 교류는 제한됩니다. 변경이였기에 오히려 독자적인 문자 문화인 가나가 생겨났다고 봅니다. 일본과 한국은 같은 한자문화권의 일원이었습니다만, 그런 차이가 있었던 것입니다. 한국 쪽이 한자문화권의 우등생이었던 것입니다. 『만엽집』을 연구하시면서 그런 한·일의 한자문화에 대해 어떤 차이를 느끼신 적은 없습니까?

박

물론 있습니다. 방금 우에노 교수님이 지적하신 대로 일본은 한자문화권의 변경이었는지도 모릅니다. 그러나 그렇기 때문에 '가나'라는 독자적인 문자를 이른 단계에 손에 넣을 수 있었다고 생각합니다. 그리고 일본어로 생각하고 그것을 일본어로 표현할 수 있었습니다. 한편 한반도는 한자문화권의 우등생이었던 탓인지, 15세기에 와서야 독자적인 문자를 쓸 수 있게 되었습니다. 한글이 뛰어난 문자인 것은 사실입니다만, 일본의 가나와 비교해 보면 그 역사는 너무나도 미천합니다. 그 차이가 현저하게 나타나는 분야가 다름 아니라 번역이라고 생각합니다. 좀 거칠게 말하면 일본과 비교해 한국의 번역문화가 발달하지 않은 것은 모어로 생각하고 그것을 표현하는 역사가 길지 않은 것과 관련된다고 생각합니다.

한글

영국의 역사학자인 존 맨은 열렬한 서양 알파벳 예찬자인데, 그런 그가 『알파 베타』(2000년)에서 모든 언어가 꿈꾸는 최고의 알파벳으로 한글을 꼽았다고 한다. 이와 관련된 내용은 한겨레신문 (2008년 10월 7일자)의 '유레카'를 참조하기 바란다.

우에노

그렇군요! 일본에서는 번역이야말로 학문이었습니다. 에도시대까지는 한문을 해석한다든지 번역하는 것이 학문이었고, 메이지明治시대 이후는 독일어와 영어였습니다. 지식이라고 하는 것은 모두 외국에서 들어오는 것이었습니다. 거기에 대한 반발이 국학입니다. 그렇기에 국학자들은 『만엽집』과 『고사기』 연구에 몰두했습니다. 『일본서기』는 한문이기에 안 되었던 것입니다. 메이지시대에 접어들면서 그것들을 국민국가의 심벌적 존재인 고전으로 위치 지웠습니다. 현재 한국에서 민족과 국가의 심벌적 존재로 되어 있는 고전은 무엇입니까? '향가'입니까? 덧붙여 중국의 연구자에게 같은 질문을 드렸더니 그런 것은 없다고 말하더군요. 중국은 문명의 중심이기에 그런 심벌은 필요없다는 말을 듣고, 저는 그냥 납득해 버렸습니다. (웃음)

빅

글쎄요. 한국에는 일본의 『만엽집』과 같이 국민적인 아이덴티티의 형성에 공헌했던 고전은 없었다고 생각합니다. 국민국가의 심벌로서의 고전을 '발견'하기 전에 당시의 조선은 일본의 식민지가 되어 버렸으니까요. 그러나 굳이 말한다면 '아리랑'과 같은 민요가 민중들에게 민족공동체라는 관념을 갖게 했다고 생각합니다.

우에노

중국의 국가国歌가 전한田漢 작사의 항일의용군가였다는 것을 알았을 때의 충격은 지금도 잊을 수 없습니다. 항일이 국민적인 아이덴티티 형성의 핵이었다는 것을 겨우 요 몇 년 사이에 실감하게 되었습니다. 그것은 한국과 중국의 연구자와 겨우 허심탄회하게 서로 이야기할 수 있게 되었기 때문입니다. 저는 그것을 서로간의 관계가 성숙되었기 때문이라고 보고 낙천적으로 생각합니다만, 박교수님은 어떻게 생각하십니까? 제가 너무 낙관적인 것일까요?

제가 한국에서 학술발표를 했을 때의 일입니다만, "우에노 교수님은 뭐든지 중국에서 왔다고 말한다. 좀 더 한반도의 고대를 고려해 주세요!"라고 강하게 비판받았습니다. 하지만 이 광경을 지켜보던 중국인 연구자는 "한국인 연구자의 일본문화연구는 뭐든지 한반도에서 건너갔다고 생각하니까 곤란하다!"고 지적했습니다. 고대를 말한다는 것은 현대의 국민적 아이덴티티와 깊게 관여되어 있습니다. 그 때는 참 난처했습니다만, 좋은 경험이었습니다. 박교수님은 한국에서 『만엽집』을 연구하는 의미에 대해 어떻게 생각하고 계십니까?

박

먼저 첫 번째 질문입니다만, 우에노 교수님의 의견에 전적으로 찬성합니다. 그런 뜻에서 저도 속내를 말씀드리죠.(웃음) 사실 지금의 한국사회도 국가를 통합하기 위해 반일감정을 조장하는 측면이 전혀 없다고는 말하기 힘듭니다. 그것은 아베安倍 정권이 일본사회를 통합하기 위해 북한에 의한 일본인 납치문제를 교묘히 이용하고 있는 것과 크게 다르지 않다고 생각합니다. 역사문제의 정치화, 외교문제의 정치화라고나 할까요? 하지만 지금의 한국사회는 저와 같은 힘없는 사람도 한국정부의 정책에 비판에 가까운 말을 할 수 있을 정도로 민주화되고 성숙되었다고 생각합니다.

두 번째 질문입니다만, 한국과 일본 사이에는 식민지와 전쟁의 기억과 같은 부負의 유산도 있습니다만, 그것보다도 긴 친선교류의 역사가 있습니다. 지금 필요한 것은 그런 기억을 되살리는 것이 아닐까요? 그것을 위해 지금 한국에서 『만엽집』을 연구하고 있습니다. 왜냐하면 동북아시아가 공유했던 문화를 무엇보다도 잘 보여주고 있는 것이 바로 『만엽집』이기 때문입니다.

우에노

상당히 심도 있는 대담이 되어 버렸습니다.(웃음) 결국 상대화의 관점이 없으면 대화라는 것은 성립할 수 없다는 것이네요. 저는 한국에 가면 반드시 고구려역사문제에 대해 질문을 받습니다. 이것은 중국과 한국 사이에 가로놓인 역사문제지요. 중국과 한국 사이에도 역사문제는 있습니다. 앙코르와트에도 역사문제는 존재하고, 독일과 프랑스 사이에도 역사문제는 존재합니다. 정치화된 역사문제만을 꺼내서 그것을 해결하려고 하면 잘 될 리가 없습니다. 저는 성숙된 국가 간에는 항상 역사문제는 발생한다고 생각하고 있습니다. 그럴 때 우리들 연구자가 할 수 있는 것은 무엇일까요? 저는 세 가지가 있다고 생각합니다. 첫 번째는 객관적인 데이터를 제공하는 것입니다. 두 번째는 상대적인 관점을 제공하는 것입니다. 세 번째는 속내를 말할 수 있는 연구자 간의 네트워크를 만드는 것입니다. 우리들 연구자가 이 세상에 도움을 줄 수 있는 것은 그런 정도일 것입니다.(웃음) 그날을 위해 정진해야겠습니다.

그런 의미에서 번역이라는 일은 정말이지 정진입니다. 한국어역 『만엽집』이라면 고故 김사엽 선생님의 『한역만엽집 고대일본가집』(成甲書房, 1984년)이 금자탑입니다만, 그가 어떤 것을 번역 대본으로 차용했는지는 밝혀졌습니까? 저도 알고 싶습니다만.

박

글쎄요. 지금은 추정하는 정도입니다만, 조만간에 검토한 결과를 논문으로 발표하려고 합니다.[27] 질문과 관련됩니다만, 한국에서는 아직『만엽집』의 한국어 완역이 없습니다. 고 김사엽의『한역만엽집』이 있기는 합니다만, 이것은 일본에서 출판된 것으로 완역이 아니라, 권16까지를 번역한 것입니다.

> **김사엽전집**
>
> 최근에『김사엽전집』(전32권, 2004년 3월)이 발간되었다. 특히『김사엽전집』제12번에는『한역 만엽집』의 미완성 유고가 수록되어 있어, 그가 어떻게『만엽집』을 번역했는지를 엿볼 수 있다.

최초로『만엽집』을 본격적으로 번역했다는 점에서『한역만엽집』은 그 의의가 큽니다. 그러나 그는『만엽집』을 번역할 때 무엇을 번역 대본으로 했는지를 밝히지 않았습니다. 번역 대본으로 관영판본寬永版本이 사용되었는지, 그렇지 않으면 서본원사본西本願寺本이 차용되었는지 번역서만을 보는 한 전혀 알 수 없습니다. 결국 그에게는 문헌학적 기초가 없었다고 말할 수 있습니다.[28]

> **관영판본과 서본원사본**
>
> 관영판본『만엽집』은 1643년에 간행된 것으로 근세에 많이 보급되었고, 근세의 국학자가 많이 활용했다. 이것을 저본으로 사용한 대표적인 것으로는『교본만엽집(校本万葉集)』(1924년)이 있다. 한편 1430년대의 것으로 추정되는 서본원사본『만엽집』은 사본 가운데 권20까지 갖춘 가장 오래된 완본(完本)이다. 이것은 1950년대부터 본격적으로 보급되었고, 현재 일본에서 출간된 많은 주석서가 참고로 하는『만엽집』텍스트이다.

---

27) 여기에 대한 글을『동이시아고대학』(제17집, 2008년)에 발표했다.
28) 최근에 김사엽 선생을 잘 알고 계시는 신근재 선생께 귀중한 정보를 들었다. 그의 증언에 의하면 김사엽 선생은『한역만엽집 고대일본가집』의 번역 대본으로『일본고전문학대계日本古典文学大系』를 차용했다고 한다. 그런데 그가 번역 대본을 밝히지 못한 것은『일본고전문학대계』집필에 참가한 모든 저자들로부터 번역 허가를 일괄적으로 받지 못했기 때문이라고 한다.

그리고 보니 최근에 상당히 재미있는 현상을 발견했습니다. 한국에서 번역된 일본의 고전문학작품과 근현대문학작품 약 20여종을 무작위로 검토해 본 결과 이상하게도 거의 모든 번역서에 번역 대본을 명시하고 있지 않다는 것입니다. 이것은 역자가 텍스트의 중요성을 인식하지 못하고 번역이라는 행위를 했다는 것을 나타내는 것이 아닐까요?

우에노

너무 엄격한 거 아닙니까? 어쩌면 김사엽 선생은 특정한 『만엽집』 텍스트를 정하지 않고 주석서를 종합해서 번역문을 만들었을 수도 있습니다. 외국 문헌을 소개하는 것이 중요 임무인 소개자는 텍스트 자체에는 보통 관심이 없는 경향이 있습니다. 사실 그것은 일본에서도 그랬습니다. 그렇지만 유학을 마친 후 귀국한 사람들이 늘어나면 그런 문제는 없어집니다. 최근의 노신魯迅 연구인데요, 그는 일본어로 번역된 구미 문헌을 읽고 그것을 중국에 소개했다고 합니다. 김사엽은 계몽기의 소개자였다고 생각합니다. 그런 의미에서 계몽기의 연구자는 뭐든지 어느 정도를 할 수 있어야 합니다.

박

듣고 보니 공감이 많이 갑니다. 제가 너무 지나친 부분이 있었습니다! 한국에도 아마 노신과 같은 계몽적인 지식인이 적지 않다고 생각합니다만, 번역 레벨에서 무엇보다 심각한 문제가 있습니다. 중역이 그것입니다. 예를 들면 루스 베네딕트의 명저에 『국화와 칼』이 있습니다. 한국에서도 그 역서가 몇 권인가 있는 것으로 알고 있습니다만, 그 중에는 일본어 중역이 있습니다. 다행스럽게도 중역의 문제가 최근 들어 여러 곳에서 지적되고 있습니다.

중역의 문제

필자는 설사 중역이라고 하더라도 그것이 원문을 제대로 전달하고 있다면 중역 그 자체가 문제가 되지는 않는다고 생각한다.

우에노

그렇군요. 그런 문제가 있군요. 『국화와 칼』도 번역되었던 당시에는 중역이라도 용인되었는데 그것이 검증되는 시대가 되었네요. 그런 중역에 대한 반성이 일고 있군요.

그러나 현재 한국에서 이루어지고 있는 일본문화연구는 대단하다고 생각합니다. 일본에서 공부한 우수한 연구자가 속속 귀국하여 일본연구는 활발해지고 있습니다. 사실 박교수님의 오토모노 야카모치에 관한 논문을 읽고 저의 졸저와 졸고를 한국어로 옮긴다면, 이 사람이 적격자라고 직감했습니다. 생각해 보니 그 이후 오랜 기간 여러모로 신세를 지고 있습니다. 금년(2006년 : 인용자)에 졸저『천년의 연가 만엽집万葉に見る男の裏切り・女の嫉妬』(NHK출판, 2002년)을 번역해 주셨습니다. 이 책은 만엽시대를 살았던 사람들의 희로애락의 배후에 있는 논리와 같은 것을 제 나름대로 생각해 본 것입니다만, 한국의 독자들은 어떻게 느끼고 있습니까?

박

2006년 3월에 저는 우에노 교수님의 귀중한 저서를 한국어로 번역했습니다. 그리고 독자의 감상을 접할 수 있었는데요, 일본문학 연구자의 경우는 이구동성으로 재미있고 읽기 쉬웠다고 합니다. 한편 일반 독자의 경우는 좀 어려웠다는 반응도 있었습니다. 그것은 책 자체의 문제라기보다는 보통 한국 사람이 아직 일본의 역사와 문화에 익숙해 있지 않기 때문이라고 생각합니다. 왜냐하면 "무엇이 어려웠나요?"라고 물어 보면, 많은 독자들이 인명이나 지명, 혹은 역사적인 사건 등을 들고 있기 때문입니다.

우에노 교수님의 이번 번역서는 그 의의가 크다고 생각합니다. 우선 광복 후 지금까지 한국에 『만엽집』을 알기 쉽게 소개했던 책이 전무했기 때문입니다. 다음으로 우에노 교수님의 저서를 통해 적지 않은 독자들은 고대의 동북아시아가 문화를 공유했다는 것을 실감했기 때문입니다. 앞으로 교수님의 저서와 같은 책을 많이 번역하고 싶습니다.

우에노

한국인 연구자 몇 명에게 김사엽 선생의 번역에 대해 물어 보았더니, 지금의 연구수준에서 평가한다면 문제가 있다는 말을 들었습니다. 꼭 『만엽집』 완역서를 내 주십시오.

사실 나는 '대장금チャングムの誓い'의 열광적인 팬입니다. 중국에서도 평판이 좋다는 말을 들었습니다. 그렇지만 일본인은 정情에 중점을 두어서 그것을 하나의 애정 이야기物語로 간주하고 있습니다만, 중국인은 싸우면서 인생을 개척해 가는 출세 이야기로 간주한다고 들었습니다. 그러나 실제로는 이 두 가지 측면을 '대장금'은 모두 가지고 있습니다. 그러기에 보는 방식은 다릅니다만, 중요한 것은 자기가 느끼는 것이라고 생각합니다.

사실 '오싱(おしん)'이라는 드라마가 20여 년 전에 아시아에서 공전의 히트를 기록했던 적이 있습니다만, 이것이 일본을 가깝게 느끼는 계기가 되었던 것 같습니다. 확실한 학문적인 논증이 있고, 또한 미묘한 심정을 전달하는 대담한 의역이 지금 필요하다고 생각합니다. 그런데 『만엽집』에 실려 있는 작품 가운데 박교수님이 가장 좋아하는 노래는 무엇인가요? 그리고 한국인이 좋아할 것 같은 노래는 어떤 것이라고 생각하십니까?

박

『만엽집』에는 아름다운 작품이 수없이 많습니다만, 저는 개인적으로 권 20에 실려 있는 병사의 노래 가운데 '군복의 옷자락에 달라붙어 우는 아이를 남겨 두고 왔다, 어미도 없는 것인데'(4401)[29]를 가장 좋아합니다. 돌봐줄 엄마도 없는 아이를 고향에 남겨둔 채, 근무지로 떠나야만 하는 아비의 애절한 심정을 느낄 수 있기 때문입니다.

일본과 달리 한국은 징병제를 실시하고 있습니다. 군대에 가는 것은 '국민'의 의무입니다. 따라서 일부의 예외를 제외하면 남자라면 누구라도 사랑하는 가족 그리고 애인과 헤어져야 하는 경험을 갖게 됩니다. 한편 남겨진 가족과 애인도 군대를 가야 하는 병사와 비슷한 슬픔을 맛보지 않을 수 없습니다. 그런 의미에서 병사의 노래에 감명을 받는 한국 독자는 적지 않을 거라고 생각합니다.

잘 알려져 있듯이 『만엽집』에는 병사의 노래가 총 100수 가깝게 남아 있습니다. 가까운 시일 내에 우선은 병사의 노래를 번역하고 싶습니다. 거기에는 작품의 원문, 한자·가나혼합문読み下し文, 한국어역을 싣고, 그리고 주석도 붙일 예정입니다.[30]

우에노

한국과 같이 징병제를 가지고 있는 대만의 젊은이도 병사의 노래에 대해 많은 흥미를 가지고 있는 것 같습니다. 사랑하는 사람에 대한 감정이라는 것은 보편성이 있는 테마이기에 문화적 배경이 다른 사람에게도 이해하기 쉬운 테마입니다. 도널드 킹도 『만엽집』은 국제성을 띤 문학이라고 말하고

---

29) 韓衣 裾に取り付き 泣く子らを 置きてそ来ぬや 母なしにして
30) 이것에 대한 본격적인 번역서를 내기에 앞서 필자는 졸저인 『일본인의 사랑의 문화사』(제이앤씨, 2008년 4월)를 우선 발간했다.

있습니다.

도널드킹 (1922년~)

미국의 일본문학 연구자의 한 사람이자 일본문학 번역가이다. 일본문학을 영미권에 많이 소개한 공로로 일본으로부터 적지 않은 상을 받았고, 또한 일본정부로부터 훈장도 받았다.

병사의 노래에는 가족에 대한 애정을 직접적으로 읊고 있는 노래가 많습니다. 병사의 노래를 맨 먼저 한국인들에게 소개하는 것은 정말이지 시의적절하다고 생각합니다. 가능하다면 '감상鑑賞', '평어評語'와 같은 코너도 있었으면 합니다. 번역서에는 한국의 문학도 인용해서 한국의 독자들에게 보다 친근한 느낌을 주면 더욱 좋을 것 같습니다.

박

친절하신 어드바이스에 감사드립니다. 꼭 '감상', '평어'도 넣어서 병사의 노래를 한국 독자에게 소개하고 싶습니다.

우에노

작년 봄에 경주에 갈 기회가 있었는데 거기에 가서 『만엽집』 연구자로서 저는 여러 가지 상상을 했습니다. 일본의 젊은 『만엽집』 연구자에게 박교수님은 한국의 어떤 곳을 추천하고 싶으신지요? 좀 가르쳐 주시겠습니까?

박

우선은 '백(촌)강'이 어떨까요? 1950년에 발발한 한국전쟁이 현대의 동북아시아에 큰 영향을 끼쳤듯이, 663년 백(촌)강에서 나・당연합군과 백제 및 일본 연합군과의 사이에 벌어진 전투는 당시의 고대동북아시아에 큰 영향을 미쳤습니다. 백(촌)강은 한국 남서부를 흐르는 금강 하구 혹은 동진강으로 추정됩니다만, 아직도 정확한 위치는 잘 모릅니다.

또한 평성경平城京의 문학이라는 측면에서 우에노 교수님도 가셨던 적이 있는 경주도 뺄 수 없다고 생각합니다. 특히 경주시 인교동에 있는 안압지는 고대 왕권의 권력을 상징하는 곳으로 동북아시아의 고대문화를 연구하는 연구자라면 꼭 한번은 가 보면 좋을 거라고 생각합니다. 그런 의미에서 저는 『만엽집』을 연구하는 젊은 연구자에게 백(촌)강과 경주를 추천합니다.

우에노

한반도의 역사를 보면 늘 대륙으로부터의 위협과 바다로부터의 위협에 노출되어 있었습니다. 이때 대륙은 중국이고 바다는 왜倭 곧 일본입니다. 병사는 동북아시아의 긴장 속에서 발생한 제도이고, 그들의 노래가 『만엽집』에 수록되어 있습니다. 우리 일본 사람들은 병사의 노래를 그와 같은 거시적 관점에서 보는 능력이 부족합니다. 또한 지금 동북아시아에는 긴장감이 고조되고 있습니다. 또다시 현대판 병사의 노래가 생겨나지는 않을까 걱정입니다.

안압지에서는 주령구酒令具가 발견되었습니다. 여러 가지 벌칙이 쓰여 있는 주사위입니다. 주사위에는 '간질거려도 웃지 않는다', '노래를 불러라', '술을 마셔라', '춤을 추어라' 등 여러 가지 벌칙이 쓰여 있습니다. 주령구를 보았을 때, 『만엽집』 권16의 세계라고 생각했습니다. 권16의 연석가는 현대판 연회장 놀이를 모은 것이라 평가할 수 있습니다. 덧붙여 '연회장 놀이ぉ座敷遊び'라는 것은 화류계에 전해오는 놀이를 말합니다. 저는 일본에서도 주령구를 사용했을 가능성이 있을 거라고 생각합니다.

앞으로의 연구 과제의 하나가 될 거라고 생각합니다만, 연회宴와 연중행사 등의 한·일비교를 해야 한다고 생각합니다. 한국에서는 타나바따七夕를 칠석이라고 합니다. 『만엽집』에도 칠석가七夕歌가 있습니다. 만약 한·일의 고대문화 연구자로서 공동연구를 한다면 어떤 테마가 적절할 거라고 생각합니까?

박

글쎄요. 저도 개인적으로 한·일간의 연중행사에 흥미를 갖고 있습니다. 우에노 교수님이 말씀하셨듯이 칠석은 동북아시아가 공유하고 있는 문화입니다만, 그 내용이 미묘하게 다릅니다. 잘 아시는 바와 같이 중국에서는 은하수를 건너가는 것이 직녀입니다만, 일본에서는 견우입니다. 한편 한국에서는 까마귀와 까치에 의해 만들어진 오작교 위에서 견우와 직녀가 만납니다.

칠석 이외에도 한일 간에 공통되는 문화로 상사上巳와 단오 등이 있습니다. 우선은 칠석 연구부터 시작해서 점차 그 연구 폭을 넓혀 나가는 것은 어떨까요?

우에노

그렇군요. 공동연구에 대한 논의는 명동에서 술이라도 한잔하면서 하는 것이 좋겠습니다. 상당히 아쉽습니다만, 마지막으로 아스카明日香를 방문했을 때 인상적이었던 경치와 좋았던 장소가 있었다면 알려주시겠습니까?

박

작년 여름 졸업여행으로 학생들과 함께 나라奈良와 그 주변을 돌아볼 수 있는 기회가 있었습니다. 인상에 남는 경치는 너무 많습니다만, 굳이 든다면 야마토삼산大和三山이 좋았습니다. 한편『만엽집』에 나와 있는 식물을 즐길 수 있는 아스카飛鳥역사공원에도 다시 한번 가 보고 싶습니다.

> **야마토삼산**
>
> 나라현의 아스카 주변에 있는 세 개의 산을 일컫는다. 미미나시산(耳成山), 우네비산(畝傍山), 아마노카구산(天香具山)이 그것이다.

우에노

그러면 다음에는 아스카에서 꽃놀이라도 합시다. 아스카역사공원의 아마카시甘樫에는 아름다운 벚꽃이 있습니다. 거기에 피어 있는 벚꽃과 같이 마음에 남는 대담에 깊이 감사드립니다.[31]

---

31) 이글은 『明日香風』(飛鳥保存財団, 2007年)에 실린 대담을 수정·가필한 것이다.

제3부

병사의 노래 작품군

✔ 『만엽집』에 수록되어 있는 병사의 노래는 첫째, 권7·1265번 노래와 권13·3344~45번 노래, 둘째, 권14에 '병사의 노래'라는 제사를 갖고 있는 권14·3567~71번 노래, 셋째, 권20에 수록된 755년에 제작된 노래, 넷째, 권20에 '오른쪽 8수는 옛 병사의 노래이다'라는 좌주를 둔 권20·4425~32번 노래 및 '옛날에 교체한 병사의 노래 1수'라는 제사를 가진 권20·4436번 노래가 있다. 단, 여기서는 755년에 제작된 작품만을 소개한다.

✔ 『만엽집』 권20에는 병사를 테마로 한 오토모노 야카모치의 장가작품인 권20·4331~33, 권20·4398~4400, 권20·4408~12번 노래가 있다. 이들 노래들도 소개하기로 한다.

✔ 병사의 노래와 병사를 테마로 한 오토모노 야카모치 작품을 '한국어 역문', '한자·가나혼합문', '원문' 순으로 나열하였다. 단, 기본적으로는 '노래'만 우리말로 옮겼다.

✔ 원문에 가끔 보이는 '○' 표시는 원문에 있는 한자를 '흔글'에서 입력하지 못한 것을 나타낸 것이다.

✔ 그 밖의 사항은 본서의 【일러두기】를 따른다.

권20・4321

한국어역문 ◀

> 명을 받들고
> 내일부터
> 참억새와 잔단 말인가
> 사랑하는 이도 없이

【한자・가나혼합문】

恐きや 命被り 明日ゆりや 草がむた寝む 妹なしにして

【원문】

可之古伎夜 美許等加我布理 阿須由利也 加曳我牟多祢牟

伊牟奈 之爾志弖

권20・4322

한국어역문 ◀

> 내 아내는
> (나를) 무척이나 그리워하고 있나 보다
> 마시는 물에 모습이 비춰서
> 조금도 잊히지 않는다

【한자・가나혼합문】

我が妻は いたく恋ひらし 飲む水に 影さへ見えて

よに忘られず

【원문】

和我都麻波 伊多久古非良之 乃牟美豆爾 加其佐倍美曳弖

余爾和須良礼受

권20 · 4323

▶ 한국어역문

> 사계절 제철에 맞는
> 꽃은 피는데
> 어째서 왜
> 어머니라는 꽃은
> 피지 않았을까

【한자 · 가나혼합문】

時々の 花は咲けども 何すれそ 母とふ花の 咲き出来ずけむ

【원문】

等伎騰吉乃 波奈波佐家登母 奈爾須礼曾 波〃登布波奈乃

佐吉泥己受祁牟

권20 · 4324

▶ 한국어역문

> 도토우미의
> 시루하의 해변과
> 니에의 해안이
> 붙어 있기만 했다면
> 이야기라도 할 수 있었을 텐데

【한자 · 가나혼합문】

遠江 白羽の磯と 贄の浦と 合ひてしあらば 言も通はむ

【원문】

等倍多保美 志留波乃伊宗等 爾閇乃宇良等 安比弖之阿良婆

己等母加由波牟

권20·4325

한국어역문 ◀

부모님이
꽃이라면 좋을 텐데
(힘든)
여행이라도
받들고 갈 텐데

【한자·가나혼합문】

父母も 花にもがもや 草枕 旅は行くとも 捧ごて行かむ

【원문】

知〃波〃母 波奈爾母我毛夜 久佐麻久良 多妣波由久等母 佐〃己旦由加牟

권20·4326

한국어역문 ◀

부모님이 (사는)
(멋진) 집 뒷마당의
모모요풀
(부모님이여) 부디 백세까지 만수무강하소서
내가 돌아올 때까지

【한자·가나혼합문】

父母が 殿の後の ももよ草 百代いでませ 我が来るまで

【원문】

父母我 等能〃志利弊乃 母〃余具佐 母〃与伊旦麻勢 和我伎多流麻旦

권20·4327

> 내 아내를
> 그림으로 그릴 수 있을 정도의
> 여유라도 있으면 좋겠다
> 그렇다면 (힘든) 여행을 떠나는 나는
> 보면서 그리워할 텐데

【한자·가나혼합문】

我が妻も 絵に描き取らむ 暇もが 旅行く我は 見つつ偲はむ

【원문】

和我都麻母 畫爾可伎等良無 伊豆麻母加 多妣由久阿礼波

美都〃志努波牟

권20·4328

> 천황의
> 명대로
> 물가를 따라
> 바다를 건넌다
> 부모님을 남겨 두고

【한자·가나혼합문】

大君の 命恐み 磯に触り 海原渡る 父母を置きて

【원문】

於保吉美能 美許等可之古美 伊蘇爾布理 宇乃波良和多流

知〃波〃乎於伎弖

권20 · 4329

한국어역문 ◀

각 지방에서의 병사는
나니와에 모여 있다
출범 준비를
내가 하는 날
(그 모습을) 누군가 봐 주었으면 좋겠다

【한자 · 가나혼합문】

八十国は 難波に集ひ 船飾り 我がせむ日ろを 見も人もが
も

【원문】

夜蘇久爾波 那爾波爾都度比 布奈可射里 安我世武比呂乎
美毛比等母我毛

권20 · 4330

한국어역문 ◀

나니와 나루터에서
떠날 준비가 갖추어져
드디어 오늘 출정하는가
(그 모습을) 지켜봐 주는 어머니는 없는 채

【한자 · 가나혼합문】

難波津に 装ひ装ひて 今日の日や 出でて罷らむ 見る母な
しに

【원문】

奈爾波都爾 余曾比余曾比弖 気布能比夜 伊田弖麻可良武
美流波〃奈之爾

권20 · 4331

이별을 슬퍼하는 병사의 심정을 짐작해서 부른 노래 1수 덧붙여 단가

천황大君의 지배하에 있는 먼 관청 중에서도 쓰쿠시 지방은 적을 감시하는 진호鎮護의 요새이다 (천황이) 통치하고 계시는 여러 지방에 사람은 가득하지만 그 중에서도 아즈마 지방의 남자東男는 적과 맞설 때 자신의 몸을 돌보지 않는 혈기 왕성한 용맹한 병사軍士라고 위로해 주신 (천황의) 명대로 어머니와도 헤어져 아내의 팔베개도 하지 못하고 세월을 세고 나니와 나루터에서 큰 배에 노櫂를 가득 걸치고 아침뜸에 뱃사공을 준비하고 석조夕潮에 노梶를 힘껏 다루어 소리 맞추어 저어 가는 제군君은 파도와 파도 사이를 헤치고 가서 무사히 빨리 (쓰쿠시에) 도착해 천황의 명대로 굳센 남자ますらを의 마음을 견지해 순찰을 돌고 정해진 임무가 끝나면 건강히 돌아오라고 이하히헤를 마루 근처에 놓고 소매를 접고 검은 머리를 깔고 자며 오랫동안 그리워하며 기다리고 있겠지 고향에 남겨진 사랑스런 아내들은

【한자·가나혼합문】

　防人が悲別の心を負ひて痛み作る歌一首 并せて短歌

大君の 遠の朝廷と しらぬひ 筑紫の国は 敵守る おさへの城そと 聞こし食す 四方の国には 人さはに 満ちてはあれど 鶏が鳴く 東男は 出で向かひ 顧みせずて 勇みたる 猛き軍士と ねぎたまひ 任けのまにまに たらちねの 母が目離れて 若草の 妻をもまかず あらたまの 月日数みつつ 葦が散る 難波の三津に 大船に ま櫂しじ貫き 朝なぎに 水手整へ 夕潮に 梶引き折り

率ひて 漕ぎ行く君は 波の間を い行きさぐくみ ま幸くも 早く至りて 大君
の 命のまにま ますらをの 心を持ちて あり巡り 事し終はらば 障まはず
帰り来ませと 斎瓮を 床辺に据ゑて 白たへの 袖折り返し ぬばたまの 黒髪
敷きて 長き日を 待ちかも恋ひむ 愛しき妻らは

【원문】

追痛防人悲別之心作歌一首 并短歌

天皇乃 等保能朝廷等 之良奴日 筑紫国波 安多麻毛流 於佐倍乃城曾等 聞食
四方国爾波 比等佐波爾 美知弖波安礼杼 登利我奈久 安豆麻乎能故波 伊田
牟可比 加敝里見世受弖 伊佐美多流 多家吉軍卒等 祢疑多麻比 麻気乃麻
爾〃 多良知祢乃 波〃我目可礼弖 若草能 都麻乎母麻可受 安良多麻能 月
日余美都〃 安之我知流 難波能美津爾 大船爾 末加伊之自奴伎 安佐奈芸爾
可故等登能倍 由布思保爾 可知比伎乎里 安騰母比弖 許芸由久伎美波 奈美
乃間乎 伊由伎佐具久美 麻佐吉久母 波夜久伊多里弖 大王乃 美許等能麻爾
末 麻須良男乃 許己呂乎母知弖 安里米具理 事之乎波良婆 都〃麻波受 可敝
理伎麻勢登 伊波比倍乎 等許敝爾須恵弖 之路多倍能 蘇田遠利加敝之 奴婆
多麻乃 久路加美之伎弖 奈我伎気遠 麻知可母恋牟 波之伎都麻良波

권20 · 4332

> ▶ 한국어역문

> 굳센 남자가
> 화살통 메고
> 나갔을 때
> 이별을 괴로워하며
> 슬퍼했을 그 아내여

【한자 · 가나혼합문】

ますらをの 靫取り負ひて 出でて行けば 別れを惜しみ

嘆きけむ妻

【원문】

麻須良男能 由伎等里於比弖 伊田弖伊気婆 和可礼乎乎之美

奈気伎家牟都麻

권20 · 4333

> ▶ 한국어역문

> 아즈마 지방 남자의
> 아내와의 이별은
> 추측컨대 슬펐겠지
> (서로 헤어져 지내는)
> 세월이 길기에

【한자 · 가나혼합문】

鶏が鳴く 東男の 妻別れ 悲しくありけむ 年の緒長み

【원문】

等里我奈久 安豆麻乎等故能 都麻和可礼 可奈之久安里家牟

等之能乎奈我美

권20 · 4334

한국어역문 ◀

> 넓은 바다를
> 멀리 건너와
> 세월이 지난다고 해도
> 아내가 묶어 준
> 끈을 절대로 풀어서는 안 된다

【한자 · 가나혼합문】

海原を 遠く渡りて 年経とも 児らが結べる 紐解くなゆめ

【원문】

海原乎 等保久和多里弖 等之布等母 児良我牟須敝流 比毛
等久奈由米

권20 · 4335

한국어역문 ◀

> 지금 새롭게 교체되는
> 신참 병사가
> 출항하는
> 넓은 바다 위에
> 파도여 거칠어지지 마라

【한자 · 가나혼합문】

今替はる 新防人が 船出する 海原の上に 波な咲きそね

【원문】

今替 爾比佐伎母利我 布奈弖須流 宇奈波良乃宇倍爾
奈美那佐伎曾祢

권20 · 4336

▶ 한국어역문

> 병사가
> 호리에서 저어 가는
> 이즈데 배,
> 그 노를 젓는 손이 쉴 틈새가 없듯이
> (그렇게 고향에 있는 아내에 대한) 그리움은
> 점점 더해지겠지

【한자 · 가나혼합문】

防人の 堀江漕ぎ出る 伊豆手船 梶取る間なく 恋は繁けむ

【원문】

佐吉母利能 保理江己芸豆流 伊豆手夫祢 可治登流間奈久

恋波思気家牟

권20 · 4337

▶ 한국어역문

> (물새가 날아오르듯이)
> 출발하는 날에 준비 등으로 경황이 없어
> 부모님께 제대로 인사도 드리지 못하고 와 버렸다
> (그것이) 지금은 아쉽다

【한자 · 가나혼합문】

水鳥の 発ちの急ぎに 父母に 物言ず来にて 今ぞ悔しき

【원문】

美豆等利乃 多知能己蘇岐爾 父母爾 毛能波須価爾弖

已麻叙久夜志伎

권20 · 4338

한국어역문 ◀

> 무라지 해변의
> 멀리 떨어진 바다 해변과 같이
> 어머니 곁을 떠나
> 혼자 떠나는 슬픔이여

【한자 · 가나혼합문】

畳薦 牟良自が磯の 離磯の 母を離れて 行くが悲しさ

【원문】

多〃美気米 牟良自加巳蘇乃 波奈利蘇乃 波〃乎波奈例弖
由久我加奈之佐

권20 · 4339

한국어역문 ◀

> 여러 곳을 돌아다니는
> 되새 · 오리 · 민댕기물떼새와 같이
> (내가) 여기저기 돌아다니다
> 되돌아올 때까지
> 목욕재계하며 내 안녕을 기원하면서 기다려 줘요

【한자 · 가나혼합문】

国巡る あとりかまけり 行き巡り 帰り来までに 斎ひて待
たね

【원문】

久爾米具留 阿等利加麻気利 由伎米具利 加比利久麻弖爾
巳波比弖麻多祢

권20 · 4340

▶ 한국어역문

> 아버지 · 어머니
> 목욕재계하며 내 안녕을 신에게 기원하면서 기다려 줘요
> 쓰쿠시의
> 바다 밑바닥에 있다는 진주를
> 기념선물로 가지고 돌아오는 날까지

【한자 · 가나혼합문】

父母え 斎ひて待たね 筑紫なる 水漬く白玉 取りて来までに

【원문】

等知波〃江 巳波比弖麻多祢 豆久志奈流 美豆久白玉

等里弖久麻弖爾

권20 · 4341

▶ 한국어역문

> 다치바나의
> 미오리의 마을에
> 아버지를 남겨 두고
> (이) 긴 여정은
> 가기 힘들다

【한자 · 가나혼합문】

橘の 美袁利の里に 父を置きて 道の長道は 行きかてぬかも

【원문】

多知波奈能 美袁利乃佐刀爾 父乎於伎弖 道乃長道波

由伎加弖努加毛

권20·4342

> 좋은 나무 기둥으로
> 축복하며 세운
> 궁전과 같이
> 언제까지나 건강하세요
> 어머니 용모도 변함없이

【한자·가나혼합문】

真木柱 ほめて造れる 殿のごと いませ母刀自 面変はりせ
ず

【원문】

麻気波之良 宝米弖豆久礼留 等乃能其等 已麻勢波〃刀自
於米加波利勢受

권20·4343

> 나는 어차피 여행은
> 여행이라고 체념이라도 하지만
> 집에서 아이를 부둥켜안고 수척해 있을
> 아내가 가엾어 못 견디겠다

【한자·가나혼합문】

我ろ旅は 旅と思ほど 家にして 子持ち痩すらむ 我が妻か
なしも

【원문】

和呂多比波 多比等於米保等 已比爾志弖 古米知夜須良牟
和加美可奈志母

권20 · 4344

▶ 한국어역문

일부러 잊어 버리려고
들을 넘고 산을 넘고
나는 왔지만
내 부모는
잊히지 않는다

【한자 · 가나혼합문】

忘らむて 野行き山行き 我来れど 我が父母は 忘れせぬかも

【원문】

和須良牟弖 努由伎夜麻由伎 和例久礼等 和我知〃波〃波
和須例勢努加毛

권20 · 4345

▶ 한국어역문

사랑스런 아내와
둘이서 보았던
(파도가 밀려오듯이)
스루가의 봉우리는
그립다

【한자 · 가나혼합문】

我妹子と 二人我が見し うち寄する 駿河の嶺らは 恋しくめあるか

【원문】

和伎米故等 不多利和我見之 宇知江須流 〃〃河乃祢良波
苦不志久米阿流可

권20・4346

한국어역문 ◀

> 부모님이
> 머리를 쓰다듬으면서
> 무사해야 한다고
> 말한 것이
> 잊히지 않는다

【한자・가나혼합문】

父母が 頭かき撫で 幸くあれて 言ひし言葉ぜ 忘れかねつる

【원문】

知〃波〃我 可之良加伎奈弖 佐久安例弖 伊比之気等婆是 和須礼加祢豆流

권20・4347

한국어역문 ◀

> 집에 남아서
> 그리워하고 있는 것보다는
> 니가 허리에 차는
> 칼이라도 돼서
> 너를 지켜주고 싶다

【한자・가나혼합문】

家にして 恋ひつつあらずは 汝が佩ける 大刀になりても 斎ひてしかも

【원문】

伊閈礼之弖 古非都〃安良受波 奈我波気流 多知爾奈里弖母 伊波非弖之加母

권20・4348

> ▶ 한국어역문

(어머니)
어머니와 헤어져
정말로 나는
여행길의 임시 거처에서
편히 잘 수 있을까

【한자・가나혼합문】

たらちねの 母を別れて まこと我 旅の仮廬に 安く寢むかも

【원문】

多良知祢乃 波〃乎和加例弖 麻許等和例 多非乃加里保爾
夜須久祢牟加母

권20・4349

> ▶ 한국어역문

수 없는
꼬부랑길을 지나 여기까지 왔는데
또다시
수많은 섬을 지나
멀리 떠나야만 하는가

【한자・가나혼합문】

百隈の 道は来にしを また更に 八十島過ぎて 別れか行かむ

【원문】

毛母久麻能 美知波紀爾志乎 麻多佐良爾 夜蘇志麻須義弖
和加例加由可牟

권20 · 4350

마당 한가운데 계시는
아수하의 신에게
섶나무 바쳐
나는 목욕재계하며 신에게 안녕을 기원한다
무사히 돌아올 때까지

【한자·가나혼합문】

庭中の 阿須波の神に 小柴さし 我は斎はむ 帰り来までに

【원문】

爾波奈加能 阿須波乃可美爾 古志波佐之 阿例波伊波〃牟
加倍理久麻泥爾

권20 · 4351

여행용 옷을
몇 겹이고 겹쳐서 입고
자지만
그래도 춥구나
(그것이) 아내가 아니기에

【한자·가나혼합문】

旅衣 八重着重ねて 寝ぬれども なほ肌寒し 妹にしあらね
ば

【원문】

多妣己呂母 夜倍伎可佐祢弖 伊努礼等母 奈保波太佐牟志
伊母爾志阿良祢婆

권20・4352

> 길섶의
> 가시나무 가지 끝에
> 휘감기는 콩 덩굴처럼
> 딱 붙어 있는 당신을
> 남겨 두고 떠나야만 하는가

▶ 한국어역문

【한자・가나혼합문】

道の辺の 茨の末に 延ほ豆の からまる君を はかれか行かむ

【원문】

美知乃倍乃 宇万良能宇礼爾 波保麻米乃 可良麻流伎美乎

波可礼加由加牟

권20・4353

> 고향 쪽에서 불어오는 바람은
> 날마다 불어오는데
> 사랑스런 아내의,
> 고향의 소식을 가지고 오는 이는 없다

▶ 한국어역문

【한자・가나혼합문】

家風は 日に日に吹けば 我妹子が 家言持ちて 来る人もなし

【원문】

伊倍加是波 比爾〃〃布気等 和伎母古賀 伊倍其登母遅弖

久流比等母奈之

권20 · 4354

한국어역문 ◀

> (날아오르는 오리의 날개 소리와 같이)
> 집을 떠나는 어수선함 속에서
> 눈을 맞춰 주었던
> 애인의 심정은
> 잊히지 않는다

【한자 · 가나혼합문】

立ち鴨の 発ちの騒ぎに 相見てし 妹が心は 忘れせぬかも

【원문】

多知許毛乃 多知乃佐和伎爾 阿比美弖之 伊母加己〃呂波
和須礼世奴可母

권20 · 4355

한국어역문 ◀

> 멀리서
> 바라보는 것만으로 떠나야만 하는가
> 나니와 개펄은
> 구름 저편에 보이는
> 아무런 인연이 없는 섬도 아닌데

【한자 · 가나혼합문】

外にのみ 見てや渡らも 難波潟 雲居に見ゆる 島ならなく
に

【원문】

余曾爾能美〃弖夜和多良毛 奈爾波我多 久毛為爾美由流
志麻奈良奈久爾

권20 · 4356

▶ 한국어역문

> 내 어머니가
> 소맷자락으로 쓰다듬으면서
> 나를 위해
> 눈물을 흘렸던 어머니의 마음이
> 잊히지 않는다

【한자 · 가나혼합문】

我が母の 袖もち撫でて 我が故に 泣きし心を 忘らえぬかも

【원문】

和我波〃能 蘇弖母知奈弖○ 和我可良爾 奈伎之許己呂乎

和須良延努可毛

권20 · 4357

▶ 한국어역문

> 갈대로 만든 울타리의
> 그늘에 서서
> 사랑스런 아내가
> 소매도 흠뻑 젖은 채
> 울고 있던 모습이 떠오른다

【한자 · 가나혼합문】

葦垣の 隈処に立ちて 我妹子が 袖もしほほに 泣きしそ思はゆ

【원문】

阿之可伎能 久麻刀爾多知弖 和芸毛古我 蘇弖母志保〃爾

奈伎志曾母波由

권20 · 4358

한국어역문 ◀

> 천황의
> 명을 받들고
> 집을 나섰을 때
> 나의 손목을 붙잡고
> 울던 사랑하는 이여

【한자 · 가나혼합문】

大君の 命恐み 出で来れば 我取り付きて 言ひし児なはも

【원문】

於保伎美乃 美許等加志古美 伊弖久礼婆 和努等里都伎弖
伊比之古奈波毛

권20 · 4359

한국어역문 ◀

> 쓰쿠시 쪽으로
> 뱃머리를 향했던 배는
> 어느 때가 되면
> 임무를 마치고
> 고향으로 뱃머리를 돌릴까

【한자 · 가나혼합문】

筑紫辺に 舳向かる船の いつしかも 仕へ奉りて 国に舳向
かも

【원문】

都久之閇爾 敝牟加流布祢乃 伊都之加毛 都加敝麻都里弖
久爾〃閇牟可毛

권20 · 4363

▶ 한국어역문

나니와 나루터에
배를 내어 띄우고
노를 빽빽이 걸어 놓고
바로 지금 (배를) 저어 간다고
(고향에 있는) 아내에게 전해 줘라

【한자·가나혼합문】

難波津に み船下ろ据ゑ 八十楫貫き 今は漕ぎぬと

妹に告げこそ

【원문】

奈爾波都爾 美布祢於呂須恵 夜蘇加奴伎 伊麻波許伎奴等

伊母爾都気許曽

권20 · 4364

▶ 한국어역문

병사로
떠나려고 하는 어수선함에
아내에게
농사에 관해
아무 말도 못하고 떠나 왔던가

【한자·가나혼합문】

防人に 発たむ騒きに 家の妹が 業るべきことを 言はず来ぬかも

【원문】

佐伎牟理爾 多〃年佐和伎爾 伊敝能伊牟何 奈流弊伎己等乎

伊波須伎奴可母

권20 · 4365

> (아름답게 빛나는 나니와 나루터)
> (이) 나니와 나루터에서
> 출항 준비를 하고
> 나는 (지금) 배를 저어 간다고
> (고향에 있는) 아내에게 전해 줘라

【한자 · 가나혼합문】

おしてるや 難波の津ゆり 船裝ひ 我は漕ぎぬと 妹に告ぎ
こそ

【원문】

於之弖流夜 奈爾波能都由利 布奈与曽比 阿例波許芸奴等
伊母爾都岐許曽

권20 · 4366

> 히타치를 향해
> 날아가는 기러기라도 있으련만
> 나의 그리움을
> 써서 (기러기에) 부탁해
> (고향에 있는) 아내에게 전할 텐데

【한자 · 가나혼합문】

常陸さし 行かむ雁もが 我が恋を 記して付けて 妹に知らせむ

【원문】

比多知散思 由可牟加里母我 阿我古比乎 志留志弖都祁弖
伊母爾志良世牟

권20 · 4367

> 내 얼굴을
> 잊을 것 같을 때에는
> 쓰쿠바의 봉우리를
> 쳐다보고
> 아내는 나를 그리워해라

▶ 한국어역문

【한자・가나혼합문】

我が面の 忘れもしだは 筑波嶺を 振り放け見つつ 妹は偲はね

【원문】

阿我母豆能 和須例母之太波 都久波尼乎 布利佐気美都〃
伊母波之奴波尼

권20 · 4368

> 구지강이여
> 변치 말고 기다려 줘라
> 배에
> 노를 빽빽이 걸어 놓고
> 나는 꼭 돌아올 테니

▶ 한국어역문

【한자・가나혼합문】

久慈川は 幸くあり待て 潮船に ま梶しじ貫き 我は帰り来む

【원문】

久自我波〃佐気久阿利麻弖 志富夫祢爾 麻可知之自奴伎
和波可敝里許牟

권20 · 4369

한국어역문 ◀

> 쓰쿠바산에
> 백합과 같이
> 밤잠자리에서도
> 예뻐서 죽을 것 같은 아내는
> 낮에도 예뻐서 죽겠다

【한자 · 가나혼합문】

筑波嶺の さ百合の花の 夜床にも かなしけ妹そ 昼もかな

しけ

【원문】

都久波祢乃 佐由流能波奈能 由等許爾母 可奈之家伊母曾

比留毛可奈之祁

권20 · 4370

한국어역문 ◀

> 가시마 신궁에
> 모신 신에게
> 기원하면서
> 천황의 병사로서
> 나는 왔는데…

【한자 · 가나혼합문】

霰降り 鹿島の神を 祈りつつ 皇御軍士に 我は来にしを

【원문】

阿良例布理 可志麻能可美乎 伊能利都〃須米良美久佐爾

和例波伎爾之乎

권20 · 4371

> ▶ 한국어역문

귤나무의
나무 그늘에 부는 바람도
향기롭다
쓰쿠바산을
그리워하지 않을 수 없다

【한자 · 가나혼합문】

橘の 下吹く風の かぐはしき 筑波の山を 恋ひずあらめかも

【원문】

多知波奈乃 之多布久可是乃 可具波志伎 都久波能夜麻乎
古比須安良米可毛

권20 · 4372

> ▶ 한국어역문

아시가라의 고개에 계시는 신으로부터 통행 허가를
받고 뒤도 돌아보지 않고 나는 넘어간다 용맹한 남자
조차 멈춰 서서 주저하는 후와의 관문을 넘어간다 쓰
쿠시의 곳에 주둔해 나는 목욕재계하며 신에게 안녕
을 기원하리라 고향에 있는 모든 사람이 건강하기를
신에게 빕니다 돌아올 때까지는

【한자 · 가나혼합문】

足柄の み坂賜り 顧みず 我は越え行く 荒し男も

立しやはばかる 不破の関 越えて我は行く 馬の爪

筑紫の崎に 留まり居て 我は斎はむ 諸は 幸くと申す

帰り来までに

【원문】

阿志加良能 美佐可多麻波理 可閇理美須 阿例波久江由久 阿良志乎母 多

志夜波婆可流 不破乃世伎 久江弖和波由久 牟麻能都米 都久志能佐伎爾

知麻利為弖 阿例波伊波〃牟 母呂〃〃波 佐祁久等麻乎須 可閇利久麻弖爾

권20・4373

한국어역문 ◀

> 오늘부터는
> 뒤돌아보지 않고
> 천황의
> 변변치 못한 보호자로서
> 출정하는 것이다, 나는

【한자・가나혼합문】

今日よりは 顧みなくて 大君の 醜のみ楯と 出で立つ我は

【원문】

祁布与利波 可敞里見奈久弖 意富伎美乃 之許乃美多弖等 伊○多都和例波

권20 · 4374

> 천지신명에게
> 무사를 기원하며
> 화살을 넣는 통敎을 짊어지고
> 쓰쿠시의 섬을
> 향해 간다 나는

▶ 한국어역문

【한자 · 가나혼합문】

　天地の 神を祈りて さつ矢貫き 筑紫の島を さして行く我は

【원문】

　阿米都知乃 可美乎伊乃里弖 佐都夜奴伎 都久之乃之麻乎

　佐之弖伊久和例波

권20 · 4375

> 소나무가
> 나란히 서 있는 것을 보면
> 가족들이
> 나를 환송하려고
> 서 있던 모습과 똑같다

▶ 한국어역문

【한자 · 가나혼합문】

　松の木の 並みたる見れば 家人の 我を見送ると 立たりしもころ

【원문】

　麻都能気乃 奈美多流美礼波 伊波妣等乃 和例乎美於久流等 多〃

　理之母己呂

권20 · 4376

한국어역문 ◀

> 이런 긴
> 여행이 되리라는 것을 알지 못하고
> 어머니와 아버지에게
> 제대로 안부도 전하지 못하고 온 것이
> 지금에 와서는 후회스럽다

【한자 · 가나혼합문】

旅行きに 行くと知らずて 母父に 言申さずて 今ぞ悔しけ

【원문】

多姉由岐爾 由久等之良受弖 阿母志〃爾 己等麻乎佐受弖 伊麻叙久夜之気

권20 · 4377

한국어역문 ◀

> 어머님이
> 옥이라면 좋을 텐데
> 받들어 모셔
> 미즈라 헤어스타일 속에
> 함께 친친 둘러 감을 수 있도록

【한자 · 가나혼합문】

母刀自も 玉にもがもや 戴きて みづらの中に 合へ巻かま
くも

【원문】

阿母刀自母 多麻爾母賀母夜 伊多太伎弖 美都良乃奈可爾 阿敝麻可麻久母

권20 · 4378

시간은
지나가 버리지만
어머니와 아버지의
옥과 같은 모습은
잊을 수가 없다

▶ 한국어역문

【한자 · 가나혼합문】

月日夜は 過ぐは行けども 母父が 玉の姿は 忘れせなふも

【원문】

都久比夜波 須具波由気等毛 阿母志〟可 多麻乃須我多波
和須例西奈布母

권20 · 4379

흰 물결이
밀려오는 바닷가에서
헤어진다면
참을 수 없기에
몇 번이고 몇 번이고 소매를 흔들 뿐이다

▶ 한국어역문

【한자 · 가나혼합문】

白波の 寄そる浜辺に 別れなば いともすべなみ 八度袖振る

【원문】

之良奈美乃 与曾流波麻倍爾 和可例奈波 伊刀毛須倍奈美
夜多妣蘇弖布流

권20·4380

한국어역문 ◀

> 나니와 나루터를
> 되돌아보니
> 성스러운
> 이코마의 높은 봉우리에
> 구름이 걸려 있다

【한자·가나혼합문】

難波津を 漕ぎ出て見れば 神さぶる 生駒高嶺に

雲そたなびく

【원문】

奈爾波刀乎 己岐○弖美例婆 可美佐夫流 伊古麻多可祢爾

久毛曽多奈妣久

권20·4381

한국어역문 ◀

> 여러 지방의
> 병사들이 모여
> 배를 타고
> 떠나가는 것을 보니
> 슬프기 그지없다

【한자·가나혼합문】

国々の 防人集ひ 船乗りて 別るを見れば いともすべなし

【원문】

久爾具爾乃 佐岐毛利都度比 布奈能里弖 和可流乎美礼婆

伊刀母須敝奈之

권20 · 4382

후타호 촌장은
질이 나쁜 사람이다
갑작스레 병을 얻어
내가 고통받고 있을 때
병사로 지명하다니

▶ 한국어역문

【한자 · 가나혼합문】

布多富我美 悪しけ人なり あたゆまひ 我がする時に

防人に差す

【원문】

布多富我美 阿志気比等奈里 阿多由麻比 和我須流等伎爾

佐伎母里爾佐須

권20 · 4383

셋쯔 지방의
바닷가에서
출항 준비를 하고
(드디어) 출발할 때에
어머니와 한 번 만이라도 만날 수 있다면

▶ 한국어역문

【한자 · 가나혼합문】

津の国の 海の渚に 船装ひ 立し出も時に 母が目もがも

【원문】

都乃久爾乃 宇美能奈伎佐爾 布奈余曾比 多志○毛等伎爾

阿母我米母我母

권20・4384

한국어역문 ◀

> 새벽녘의
> 어둑어둑할 무렵에
> 섬 저쪽으로
> 저어 갔던 저 배는
> 지금쯤은 어디에 있을까

【한자・가나혼합문】

暁の かはたれ時に 島陰を 漕ぎにし船の たづき知らずも

【원문】

阿加等伎乃 加波多例等枳爾 之麻加枳乎 己枳爾之布祢乃
他都枳之良須母

권20・4385

한국어역문 ◀

> (배가) 가는 앞에
> 파도여 거칠어지지 마라
> 뒤편에는
> 아이랑 아내를
> 남겨 두고 왔단다

【한자・가나혼합문】

行こ先に 波なとゑらひ 後には 子をと妻をと 置きてとも
来む

【원문】

由古作枳爾 奈美奈等惠良比 志流敝爾波 古乎等都麻乎等
於枳弖等母枳奴

권20・4386

> 한국어역문

우리집 입구의

몇 그루의 버드나무

(그 이름과 같이) 늘 항상

어머님은 (나를) 그리워하면서

일하고 계시겠지

【한자・가나혼합문】

我が門の 五本柳 いつもいつも 母が恋すす 業りましつしも

【원문】

和加〃都乃 以都母等夜奈枳 以都母〃〃〃 於母加古比須〃

奈理麻之都之母

권20・4387

> 한국어역문

지바 들의

떡갈나무와 같이

(아직) 어리디 어리지만

너무 귀엽기에

손도 대지 않고 멀리 멀리 와 버렸다 (나는)

【한자・가나혼합문】

千葉の野の 児手柏の 含まれど あやにかなしみ 置きて高来ぬ

【원문】

知波乃奴乃 古乃弖加之波能 保〃麻例等 阿夜爾加奈之美

於枳弖他加枳奴

권20 · 4388

한국어역문 ◀

> 여행이라고 쉽게 말하지만
> (나의 여행은) 정말로 긴 여행이 되어 버렸다
> 집에 있는 아내가
> 입혀 주었던 옷에
> 때가 끼어 있다

【한자 · 가나혼합문】

旅とへど 真旅になりぬ 家の妹が 着せし衣に 垢付きにかり

【원문】

多妣等弊等 麻多妣爾奈理奴 以弊乃母加 枳世之己呂母爾

阿加都枳爾迦理

권20 · 4389

한국어역문 ◀

> 관선의
> 뱃머리를 앞지르는 흰 물결과 같이
> 갑자기
> 임명하시는 것인가
> 생각도 하지 못했는데

【한자 · 가나혼합문】

潮船の 舳越そ白波 にはしくも 負ふせたまほか 思はへな

くに

【원문】

志保不尼乃 弊古祖志良奈美 爾波志久母 於不世他麻保加

於母波弊奈久爾

권20 · 4390

> 많은 옥의 비녀장은 아니지만
> 문짝의 비녀장에 못을 끼워 넣은 듯이
> 확실히 단속한
> 아내의 마음은
> 흔들리는 따위가 있을 리 없다

▶ 한국어역문

【한자 · 가나혼합문】

群玉の くるにくぎ刺し 固めとし 妹が心は 動くなめかも

【원문】

牟浪他麻乃 久留爾久枳作之 加多米等之 以母加去 〃 里波
阿用久奈米加母

권20 · 4391

> 시모사의 여러 지방의
> 신사의 신들에게
> 누사를 바치고
> 나를 그리워하고 있을
> 아내가 사랑스럽다

▶ 한국어역문

【한자 · 가나혼합문】

国々の 社の神に 幣奉り 我が恋すなむ 妹がかなしさ

【원문】

久爾具爾乃 夜之呂乃加美爾 奴佐麻都理 阿加古比須奈牟
伊母賀加奈志作

권20・4392

한국어역문 ◀

> 천지의 신의
> 어떤 신에게
> 기원을 드리면
> 그리운 어머니와
> 말을 나눌 수 있을까

【한자・가나혼합문】

天地の いづれの神を 祈らばか 愛し母に また言問はむ

【원문】

阿米都之乃 以都例乃可美乎 以乃良波加 有都久之波〃爾
麻多己等刀波牟

권20・4393

한국어역문 ◀

> 천황의
> 명이기에
> 부모님을
> 이하히헤斎瓮와 함께 두고
> 출정한다

【한자・가나혼합문】

大君の 命にされば 父母を 斎瓮と置きて 参る出来にしを

【원문】

於保伎美能 美許等爾作例波 知〃波〃乎 以波比弊等於枳
弖 麻為弖枳爾之乎

권20 · 4394

> 천황의
>
> 명대로
>
> 활을 껴안고
>
> 날을 밝힌단 말인가
>
> 이 긴 밤을

▶ 한국어역문

【한자 · 가나혼합문】

大君の 命恐み 弓のみた さ寝か渡らむ 長けこの夜を

【원문】

於保伎美能 美己等加之古美 由美乃美他 佐尼加和多良牟 奈賀気己乃用乎

권20 · 4398

한국어역문

병사의 심정이 되어서 그 마음을 읊은 노래 1수 덧붙여 단가

천황의 명대로大君の 命恐み 아내와 헤어지는 것은 슬프지만 굳센 남자의 그 마음을 불러일으켜 (떠날) 준비를 하여 집을 나섰을 때 어머니는 (나를) 쓰다듬고 아내는 매달리며 "우리들은 목욕재개하며 당신의 안녕을 기원할 것입니다 무사히 빨리 돌아와요"하며 양소매로 눈물을 닦고 흐느껴 울면서 말하기에 출발하는 것도 괴롭고 떠나기도 힘들어 뒤돌아보며 점차 멀리 고향을 떠나와 산도 넘어 나니와에 도착해 석조夕潮에 배를 띄우고 아침뜸에 배를 저어 가려고 밀물을 기다리고 있을 때 봄안개가 섬 주위에 일고 학 우는 소리가 슬프게 들려올 때 아득히 고향집家을 생각해 내어 등에 멨던 화살이 휴우하고 소리 내듯이 깊은 한숨을 쉬어 버렸나

【한자 · 가나혼합문】

防人が情のために思ひを陳べて作る歌一首 并せて短歌

大君の 命恐み 妻別れ 悲しくはあれど ますらをの 心振り起し 取り装ひ
門出をすれば たらちねの 母かき撫で 若草の 妻取り付き 平けく 我は斎は
む ま幸くて はや帰り来と ま袖もち 涙を拭ひ むせひつつ 言問ひすれば
群鳥の 出で立ちかてに 滞り 顧みし つつ いや遠に 国を来離れ いや高に
山を越え過ぎ 葦が散る 難波に来居て 夕潮に 船を浮け据ゑ 朝なぎに 舳向
け漕がむと さもらふと 我が居る時に 春霞 島廻に立ちて 鶴がねの 悲しく
鳴けば はろばろに 家を思ひ出 負ひ征箭の そよと鳴るまで 嘆きつるかも

【원문】

　為防人情陳思作歌一首 并短歌

大王乃 美己等可之古美 都麻和可礼 可奈之久波安礼特 大夫 情布里於許之

等里与曾比 門出乎須礼婆 多良知祢乃 波〃可伎奈○ 若草乃 都麻波等里都

吉 平久 和礼波伊波〃牟 好去而 早還来等 麻蘇○毛知 奈美太乎能其比 牟

世比都〃 言語須礼婆 群鳥乃 伊○多知加弖爾 等騰己保里 可弊里美之都〃

伊也等保爾 国乎伎波奈例 伊夜多可爾 山乎故要須疑 安之我知流 難波爾伎

為弖 由布之保爾 船乎宇気須恵 安佐奈芸爾 倍牟気許我牟等 佐毛良布等 和

我乎流等伎爾 春霞 之麻未爾多知弖 多頭我祢乃 悲鳴婆 波呂婆呂爾 伊弊乎

於毛比○ 於比曾箭乃 曾与等奈流麻○ 奈気吉都流香母

권20・4399

┌─────────────────────────────────┐
│ 　넓은 바다에　　　　　　　　　　　　　　　　│
│ 　안개가 길게 끼고　　　　　　　　　　　　　│
│ 　학鶴의 우는 소리가　　　　　　　　　　　　│
│ 　슬프게 들려오는 밤은　　　　　　　　　　　│
│ 　고향이 생각난다　　　　　　　　　　　　　│
└─────────────────────────────────┘

▶ 한국어역문

【한자・가나혼합문】

　海原に 霞たなびき 鶴が音の 悲しき夕は 国辺し思ほゆ

【원문】

　宇奈波良爾 霞多奈妣伎 多頭我祢乃 可奈之伎与比波

　久爾弊之於毛保由

권20 · 4400

한국어역문 ◀

> 집家이 그리워
> 잠 못 들고 있을 때
> 깨나른하게 학이 울고 있다
> 갈대가 우거진 물가도 보이지 않는다
> 봄안개 때문에

【한자 · 가나혼합문】

家思ふと 眠を寝ず居れば 鶴が鳴く 葦辺も見えず 春の霞に

【원문】

伊弊於毛負等 伊乎祢受乎礼婆 多頭我奈久 安之弊毛美要

受 波流乃可須美爾

권20 · 4401

한국어역문 ◀

> 군복의
> 옷자락에 달라붙어
> 우는 아이를
> 남겨 두고 왔다
> 어미도 없는데

【한자 · 가나혼합문】

韓衣 裾に取り付き 泣く子らを 置きてそ来ぬや 母なしに
して

【원문】

可良己呂武 須宗爾等里都伎 奈苦古良乎 意伎弖曽伎努也
意母奈之爾志弖

권20 · 4402

<table>
<tr><td>두려운
신이 계시는 고개에
누사幣를 바쳐서
신에게 나의 안녕을 기원하는 이 목숨은,
어머님과 아버님을 위해서이다</td><td>▶ 한국어역문</td></tr>
</table>

【한자 · 가나혼합문】

ちはやぶる 神のみ坂に 幣奉り 斎ふ命は 母父がため

【원문】

知波夜布留 賀美乃美佐賀爾 奴佐麻都理 伊波布伊能知波

意毛知〃我多米

권20 · 4403

<table>
<tr><td>천황의
명을 받들고
파란 구름이
떠다니는 높은 산을
넘어 왔다</td><td>▶ 한국어역문</td></tr>
</table>

【한자 · 가나혼합문】

大君の 命恐み 青雲の とのびく山を 越よて来ぬかも

【원문】

意保枳美能 美己等可之古美 阿乎久牟乃 等能妣久夜麻乎

古与呂伎努加牟

권20 · 4404

한국어역문 ◀

> "나니와에
> 다녀올 때까지는"하고
> 사랑스런 아내가
> 꿰매 붙여준 끈이
> 끊어져 버렸다

【한자 · 가나혼합문】

難波道を 行きて来までと 我妹子が 付けし紐が緒 絶えにけ

るかも

【원문】

奈爾波治乎 由伎弖久麻弖等 和芸毛古賀 都気之非毛我乎

多延爾気流可母

권20 · 4405

한국어역문 ◀

> 사랑스런 아내가
> "추억거리로"하고
> 꿰매 붙여 준 끈은
> 실이 된다고 해도
> 나는 풀지 않을 것이다

【한자 · 가나혼합문】

我が妹子が 偲ひにせよと 付けし紐 糸になるとも 我は解か

じとよ

【원문】

和我伊母古我 志濃比爾西余等 都気志非毛

伊刀爾奈流等母 和波等可自等与

권20・4406

> ▶ 한국어역문

우리집에
가는 사람이 없는가
풀 베개를 하는
여행은 괴롭다고
전해 주고 싶다

【한자・가나혼합문】

我が家ろに 行かも人もが 草枕 旅は苦しと 告げ遣らまくも

【원문】

和我伊波呂爾 由加毛比等母我 久佐麻久良 多妣波久流之等
都気夜良麻久母

권20・4407

> ▶ 한국어역문

약한 햇살이 비치는
우스히 산마루를
넘을 적에
남겨 두고 온 아내가 그리워
(잊으려 해도) 잊혀지지 않는다

【한자・가나혼합문】

日な曇り 碓氷の坂を 越えしだに 妹が恋ひしく 忘らえぬかも

【원문】

比奈久母理 宇須比乃佐可乎 古延志太爾 伊毛賀古比之久
和須良延奴加母

권20 · 4408

이별을 아파하는 병사의 심정을 부른 노래 1수 덧붙여 단가

천황의 명령을 받고서 병사로서 우리 집을 나왔을 때 어머님은 상
裳의 옷자락으로 내 머리를 쓰다듬고 아버님은 흰 수염을 따라 눈
물을 흘리시면서 비탄해 하시며 말씀하시기를 "사슴새끼와 같이 홀
홀 단신으로 아침 일찍 집을 나서는 사랑스런 내 아들아 오랜 세월
(서로) 만나지 못한다면 그리워서 못 견디겠지 오늘만큼이라도 정답
게 이야기 나누자꾸나"라고 이별을 아쉬워하면서 슬퍼하신다 아내
도 아이도 사방에서 달려들어 나를 감싸고 봄새가 시끄럽게 울어
대 듯 신음소리를 내며 비탄해 한다 (내) 손에 매달리며 헤어지는
것은 괴롭다며 나를 붙들면서 쫓아오지만 천황의 명령(에 거스르는
것)이 너무나 송구스러워 여행길에 오르고 언덕의 돌출부를 돌 때
마다 몇 번이고 몇 번이고 뒤돌아보면서 이렇게 멀리 떠나오니 그
리워하는 마음도 평원하지 않고 사모하는 마음도 괴로워서 미치겠
지만 살아 있는 이 세상 사람이기에 목숨이라는 것도 예측하기 힘
들다 하지만 넓은 바다의 험한 길을 섬에서 섬으로 옮겨 가며 임무
를 마치고 내가 돌아올 때까지 부모님께 아무 일도 없기를 바랍니
다 아무 탈 없이 아내는 기다려주오라고 스미요시 신사에 누사幣
바쳐 정성스레 기원한다 나니와 나루터에 배를 띄우고 노를 많이
걸쳐 놓고 선원을 정비하여 아침 일찍 나는 배를 저어 나갔다고 집
에 전해 주세요

【한자·가나혼합문】

　防人が悲別の情を陳ぶる歌一首　并せて短歌

大君の　任けのまにまに　島守に　我が立ち来れば　ははそ葉の　母の命は　み裳

の裾　摘み上げかき撫で　ちちの実の　父の命は　たくづのの　白ひげの上ゆ　涙

垂り　嘆きのたばく　鹿子じもの　ただひとりして　朝戸出の　かなしき我が子

あらたまの　年の緒長く　相見ずは　恋しくあるべし　今日だにも　言問ひせむ

と惜しみつつ　悲しびませば　若草の　妻も子どもも　をちこちに　さはに囲み

居　春鳥の　声の吟ひ　白たへの　袖泣き濡らし　携はり別れかてにと　引き留め

慕ひしものを　大君の　命恐み　玉鉾の　道に出で立ち　岡の岬　い廻むるごとに

万度　顧みしつつ　はろはろに　別れし来れば　思ふそら　安くもあらず　恋ふる

そら　苦しきものを　うつせみの　世の人なれば　たまきはる　命も知らず　海原

の恐き道を　島伝ひ　い漕ぎ渡りて　あり巡り　我が来るまでに　平けく　親は

いまさね　つつみなく　妻は待たせと　住吉の　我が皇神に　幣奉り　祈り申して

難波津に　船を浮け据ゑ　八十梶貫き　水手整へて　朝開き　我は漕ぎ出ぬと　家

に告げこそ

【원문】

　陳防人悲別之情歌一首　并短歌

大王乃　麻気乃麻爾〳〵　嶋守爾　和我多知久礼婆　波〻蘇婆能　波〻能美許等

波　美母乃須蘇　都美安気可伎奈○　知〻能未乃　知〻能美許等波　多久頭努能

之良比気乃宇倍由　奈美太多利　奈気伎乃多婆久　可胡自母乃　多太比等里之

○安佐刀○乃　可奈之伎吾子　安良多麻乃　等之能乎奈我久　安比美受波　古非

之久安流倍之　今日太爾母　許等騰比勢武等　乎之美都〻　可奈之備麻世婆　若

草之　都麻母古騰母毛　乎知己知爾　左波爾可久美為　春鳥乃　己恵乃佐麻欲比

之路多倍乃　蘇○奈伎奴良之　多豆佐波里　和可礼加弖爾等　比伎等騰米　之多

比之毛能乎 天皇乃 美許等可之古美 多麻保己乃 美知爾出立 乎可乃佐伎 伊
多牟流其等爾 与呂頭多妣 可弊里見之都追 波呂〃〃爾 和可礼之久礼婆 於
毛布蘇良 夜須久母安良受 古布流蘇良 久流之伎毛乃乎 宇都世美乃 与能比
等奈礼婆 多麻伎波流 伊能知母之良受 海原乃 可之古伎美知乎 之麻豆多比
伊己芸和多利弖 安里米具利 和我久流麻○爾 多比良気久 於夜波伊麻佐祢
都〃美奈久 都麻波麻多世等 須美乃延能 安我須売可未爾 奴佐麻都利 伊能
里麻乎之弖 奈爾波都爾 船乎宇気須恵 夜蘇加奴伎 可古等登能倍弖 安佐婢
良伎 和波己芸○奴等 伊弊爾都気己曾

권20 · 4409

한국어역문 ◀

> 가족 모두가
> (나를 위해) 근신한 덕분일까
> 아무 일 없이
> 출항했다고
> 부모님께 말씀드려 주세요

【한자 · 가나혼합문】

　家人の　斎へにかあらむ　平けく　船出はしぬと　親に申さね

【원문】

　伊弊婢等乃　伊波倍爾可安良牟　多比良気久　布奈○波之奴
　等　於夜爾麻乎佐祢

권20 · 4410

하늘 나는
구름도 심부름꾼이라고
사람들은 말해도
집에 기념선물을 전달할
방법을 모르겠다

▶ 한국어역문

【한자 · 가나혼합문】

み空行く 雲も使ひと 人は言へど 家づと遣らむ たづき知らずも

【원문】

美蘇良由久〃母〃都可比等 比等波伊倍等 伊弊頭刀夜良武
多豆伎之良受母

권20 · 4411

기념선물로
조개를 줍고 있다
바닷가의 파도는
계속해서 계속해서
높게 밀려오지만

▶ 한국어역문

【한자 · 가나혼합문】

家づとに 貝そ拾へる 浜波は いやしくしくに 高く寄すれど

【원문】

伊弊都刀爾 可比曾比里弊流 波麻奈美波 伊也之久〃〃二
多可久与須礼騰

권20 · 4412

한국어역문 ◀

> 섬의 뒤쪽에
> 배를 정박시켰을 즈음에
> 그 사실을 전달할
> 심부름꾼이 없기에
> 고향을 그리워하면서 앞으로 여행길을 떠나야만
> 하는가

【한자·가나혼합문】

島陰に 我が船泊てて 告げ遣らむ 使ひをなみや 恋ひつつ
行かむ

【원문】

之麻可気爾 和我布祢波弖○ 都気也良牟 都可比乎奈美也
古非都〃 由加牟

권20 · 4413

한국어역문 ◀

> 애지중지하는 검을
> 허리에 차고
> 사랑스런
> 당신이 돌아오시는
> 그 날이 언제인지도 몰라서

【한자·가나혼합문】

枕大刀 腰に取り佩き まかなしき 背ろがまき来む 月の知
らなく

【원문】

麻久良多之 己志爾等里波伎 麻可奈之伎 西呂我馬伎己無
都久乃之良奈久

권20 · 4414

천황의
명대로
사랑스런
처를
떠나간다

▶ 한국어역문

【한자 · 가나혼합문】

大君の 命恐み 愛しけ 真子が手離り 島伝ひ行く

【원문】

於保伎美乃 美己等可之古美 宇都久之気 麻古我弖波奈利

之末豆多比由久

권20 · 4415

백옥을
손에 쥐고
뻔질나게 보듯이
고향에 있는 아내를
또 보고 싶은 것이다

▶ 한국어역문

【한자 · 가나혼합문】

白玉を 手に取り持して 見るのすも 家なる妹を また見てももや

【원문】

志良多麻乎 弖爾刀里母之弖 美流乃須母 伊弊奈流伊母乎

麻多美弖毛母也

권20・4416

한국어역문 ◀

> (풀 베개)
> 여행을 떠나는 당신이
> 옷을 입을 채로 잔다면
> 고향에 있는 나는
> 끈을 풀지 않고 자겠습니다

【한자・가나혼합문】

草枕 旅行く背なが 丸寝せば 家なる我は 紐解かず寝む

【원문】

久佐麻久良 多比由苦世奈我 麻流祢世婆 伊波奈流和礼波 比毛等加受祢牟

권20・4417

한국어역문 ◀

> 구렁말을
> 공교롭게도 산야에 방목하여
> 붙잡지 못 해
> 다마多摩의 늘어선 산을
> 걸어가게 하는 것인가

【한자・가나혼합문】

赤駒を 山野にはがし 捕りかにて 多摩の横山 徒歩ゆか遣らむ

【원문】

阿加胡麻乎 夜麻努爾波賀志 刀里加爾弖 多麻能余許夜麻 加志由加也良牟

권20 · 4418

우리 집 문 앞의
산의 경사지의 동백나무여
정말로 너는
내 손이 닿지 않는 사이에
땅에 떨어지지나 않을까

▶ 한국어역문

【한자·가나혼합문】

我が門の 片山椿 まこと汝 我が手触れなな 地に落ち
もかも

【원문】

和我可度乃 可多夜麻都婆伎 麻己等奈礼 和我弖布礼奈〃
都知爾於知母加毛

권20 · 4419

고향에서는
갈대로 불을 때지만
그래도 마음이 편하다
쓰쿠시에 도착하고 나서는
고향이 그리워지겠지

▶ 한국어역문

【한자·가나혼합문】

家ろには 葦火焚けども 住み良けを 筑紫に至りて
恋しけ思はも

【원문】

伊波呂爾波 安之布多気騰母 須美与気乎 都久之爾伊多里弖
古布志気毛波母

권20 · 4420

한국어역문 ◀

> (풀 베개)
> 여행 중 옷을 입은 채로 자
> 끈이 끊어졌다면
> 내 손이라고 생각해서 꿰매 주세요
> 이 바늘을 가지고

【한자 · 가나혼합문】

草枕 旅の丸寝の 紐絶えば 我が手と付けろ これの針持し

【원문】

久佐麻久良 多妣乃麻流祢乃 比毛多要婆 安我弖等都気呂 許礼乃波流母志

권20 · 4421

한국어역문 ◀

> 내가 집에 없어서
> 힘들다면
> 아시가라 고개의
> 봉우리를 뻗어 가는 구름을
> 보면서 그리워해요

【한자 · 가나혼합문】

我が行きの 息づくしかば 足柄の 峰遠ほ雲を 見とと偲はね

【원문】

和我由伎乃 伊伎都久之可婆 安之我良乃 美祢波保久毛乎 美等登志努波祢

권20・4422

> 당신을
> 쓰쿠시로 보내면
> 그리워하면서
> 띠는 풀지 않은 채
> (당신을) 근심하면서 자겠지요

▶ 한국어역문

【한자・가나혼합문】

我が背なを 筑紫へ遣りて 愛しみ 帯は解かなな あやにかも寝も

【원문】

和我世奈乎 都久之倍夜里弖 宇都久之美 於姙波等可奈 〃

阿也爾加母祢毛

권20・4423

▶ 한국어역문

> 아시가라의
> 산마루 위에 서서
> 소매를 흔들면
> 고향에 있는 당신은
> 확실히 봐 줄까

【한자・가나혼합문】

足柄の み坂立して 袖振らば 家なる妹は さやに見もかも

【원문】

安之我良乃 美佐可爾多志弖 蘇○布良波 伊波奈流伊毛波

佐夜爾美毛可母

한국어역문 ◀ 권20 · 4424

색도 진하게
당신의 옷은
물들였으면 좋았을 것을
(아시가라라) 고개를 지나실 때
확실히 보일 텐데

【한자 · 가나혼합문】

色深く 背なが衣は 染めましを み坂賜らば まさやかに見む

【원문】

伊呂夫可久 世奈我許呂母波 曾米麻之乎 美佐可多婆良婆

麻佐夜可爾美無

제4부

부록

01 일본어 원문(1)
02 일본어 원문(2)

01 일본어 원문(1)

이 글은 제2부의 ‘병사의 노래와 현대일본비판’의 일본어 원문(防人歌の「解釈」を糸口として─裏切りの日本と希望の日本─)이다.

1

さて、アジア・太平洋戦争期に文芸誌、短歌・俳句誌をはじめ、新聞紙上にほぼ連日のように戦争を歌った数多くの短歌・俳句などが掲載されたことはよく知られている。それらの歌々は宣戦の「大詔」とそれに応える戦いの決意を示すものだった。つまり、戦争の時代は詩歌隆盛の時代だったのだ。それは散文より詩歌のほうが戦争の感動を表現するにふさわしい文芸だったからであろう。そして、忠君愛国を詠む歌の「伝統」を裏づけたのが、ほかならぬ「今日よりは　顧みなくて　大君の　醜

のみ楯と　出で立つ我は」（巻20・4373）といったような防人歌である。
そして天皇への忠誠を誓う歌といった防人歌を理論的に支えたのは、折
口信夫や吉野裕などの論考である。

　折口信夫は、防人歌は東国新付の民の兵士としての服属の誓いの歌
という見方（「万葉集研究」『古代研究　国文学編』1928年）を打ち
だし、それはアジア・太平洋戦争期において幅広い支持を得た。また、
防人歌は防人遠征軍団への入隊宣誓式のごとき性格を持つ「言立て」
の歌だと指摘した吉野裕の見解（『防人歌の基礎構造』1943年)もその
時期において少なくない影響を及ぼした。

　しかし、戦後になってからは、そうした防人歌観は一変する。すなわ
ち、身崎寿・伊藤博らによって、防人歌は悲別歌的・羈旅発想歌的、
つまり相聞歌的性格を持つ歌として改められ、今に至っているのであ
る。この防人歌観が説得力を得ているのは、「父母が　頭かき撫で　幸
くあれて　言ひし言葉ぜ　忘れかねつる」（巻20・4346）、「防人に　行
くは誰が背と　問ふ人を　見るがともしさ　物思もせず」（巻20・4425）
といった家族との悲別を詠んだ歌々が防人歌には数多くあるからだ。

　ところが、「歌の数」が防人歌観を定める決め手だとするのであれ
ば、防人歌のほとんどを占める家族との悲別を詠んだ歌はその数におい
ては当然変動がないわけだから、戦時中にも防人歌の基本的な性格は悲
別歌的・羈旅発想歌的、つまり相聞歌的性格を持つ歌として認識された
はずだ。しかし、そうではなかった。ということは、何をあらわしてい
るのであろうか。

　つまり、昭和の戦時翼賛体制下で忠君愛国の象徴としての万葉像が
国を挙げて宣伝されたことを意味し、それを積極的に担ったものの一つ
が防人歌だということになるのではないか。一方、戦後に形成された防
人歌観には、戦後民主主義や平和主義という時代的背景が大きく影響
を及ぼしたと考えるのが自然ではないか。戦後に行われた防人歌の解釈
によって、防人歌は免罪符を得ることになり、さらに昭和の翼賛体制の
もとで戦意発揚のために利用された万葉歌もその責任から免れるように

なる。そして、戦争に協力した万葉集は、家族との別れを悲しむ歌といったような人間的な普遍性を詠む歌集として生まれ変ってしまうのだ。

さて、先にも指摘したが、戦後になって防人歌は悲別歌として認識されるようになった。そして、そうした解釈には戦後民主主義や平和主義が大きく影響した。ところで、防人歌には一方では忠君愛国を詠む歌もあり、また一方では家族との別れを悲しむ歌もある。もう一方では益田勝実（「防人等」『万葉』第6号　1952年）がつとに言及したように、「我ろ旅は　旅と思ほど　家にして　子持ち痩すらむ　我が妻かなしも」（巻20・4343）、「防人に　発たむ騒きに　家の妹が　業るべきことを言はず来ぬかも」（巻20・4364）といったような強圧的な徴募に遭った農民兵の絶叫が歌われている作品もある。また「旅行きに　行くと知らずて　母父に　言申さずて　今ぞ悔しけ」（巻20・4376）、「布多富我美悪しけ人なり　あたゆまひ　我がする時に　防人に差す」（巻20・4382）のごとき、防人忌避の思想が吐露する歌もあれば、さらに「韓衣　裾に取り付き　泣く子らを　置きてそ来ぬや　母なしにして」（巻20・4401）のように、母のない家族の実情を無視して徴召する現実を暴露した作品もある。防人歌には抵抗する防人像を詠んだ歌々も存在したのである（これらの歌どもを一応悲別歌の延長線上に考えることも可能であるが、二つの表現性がまったく同一ではないので、そのように捉えることを私は躊躇する）。

つまり、防人歌には少なくとも忠君愛国を詠む歌、家族との別れを悲しむ歌、防人の抵抗精神を詠む歌があったが、時代に迎合する形で、戦時中には忠君愛国を歌った作品が、一方戦後には家族との別れを悲しんだ作品がそれぞれ選択され、その他の歌は排除されてしまったのである。

今の日本で「日本国憲法第9条」や「教育基本法」改定の動きがあるように、時代さえ変れば、防人歌の基本的な性格は、言いすぎになるかもしれないが、再び戦時中の防人歌観に逆戻りする可能性もあるので

はないか。なぜなら、「基本的な性格」や「本質」を問う議論には問題を単純化するきらいがあるからだ。

2

　ところで、私が防人歌に興味をもちはじめたのは日本に行ってからである。今から約11年前の1995年の秋、私は日本文学研究の本場で万葉集をきちんと勉強するために留学を決心したのである。当時まだ仁川国際空港が建設されていなかったので、金浦空港を利用した。見送りにきてくれた家族と別れ、出国手続きを済ませ、搭乗時間を待つ間、私は自分が乗るであろう大きな飛行機を心の中でひそかに期待していた。実は26歳にもなって飛行機に乗るのははじめてだったのである。しかし、目に入ってきたのは、自分の想像とは裏腹に、あまりにも小さくてみすぼらしい、一見玩具のような飛行機だった。後になってわかったが、私の乗った飛行機がみすぼらしかったのは、そのころ金浦―新千歳間を往復する客が多くなかったからだという。

　飛行機の中に入って、自分の席に座った。となりにはおそらく40代であろう女性が座っていた。思えばその方にはたいへん失礼なことだが、その時私は、自分の席のとなりにはきっと若くて美しい女性が座っていることだろうと期待していたので、度重なる期待はずれにがっくりきてしまった。その次の瞬間だった。

　「どこまで行かれますか。」

　その女性が私に話をかけた。それも日本語でである。私は頭が真っ白になった。その質問になんと答えたか、まったく覚えがない。ただ、今でも記憶に残っているのは、声をかけられた時にこの上ない「恐怖感」を覚えたということだ。なぜなら、私はその一言によって、自分のまわりにはほとんど「日本人」しかいないことに気づかされてしまったから

である。

　なぜその時私がそんなことで恐怖を感じたのか、不思議に思う読者もいるかもしれない。しかし、その当時の私にとってはそれなりの理由があった。

　韓国での私の専攻は日本語教育だった。当然４年間日本語を学習したわけだ。ところが、卒業するまでに日本人と話す機会はほとんどなく、日本語を話す自信なんて全然なかった。それに、日本人の集団の中に自分一人で入ったこともなかった。しかし実はそれだけが理由ではなかった。ほんとうの理由は、当時私が持っていた日本人に対するイメージによるものだった。

　私には「勤勉・節約」という比較的プラス的な日本人のイメージもあったが、それと同時に「残酷・残忍」というマイナス的な日本人のイメージもあった。いうまでもなく、「残酷・残忍」といった日本人のイメージは、学校教育やメディアなどを通して私の脳裏に焼きつけられたイメージだ。そういった日本人に対するマイナス的な側面が、「どこまで行かれますか」という「日本語」によって浮き彫りにされたのである。しかし、その時私が抱いた恐怖感は、幸いにも杞憂に終わった。さらに、その感情は、それほど長くも続かなかった。なぜなら、頭に叩きこまれた、あるいは頭で想像した日本人ではなく、「なま」の日本人との出会いがすぐ始まったからだ。

3

　今や第二の故郷となった北海道札幌での８年間近くの留学生活中に、私はいろいろな日本の人と出会った。留学生という身分だったので、大学生や大学院生と触れ合う機会が多かった。男女問わず、彼らはやさしかった。人に対する思いやりもあったし、よその者にも好意的

だった。もしかしたら、それは学生という身分や北海道という土地柄の
ためだったのかもしれない。一方で、日本人と接する中で、私を驚かせ
たこともあった。それは、彼らの「やさしさ」ではなく、「民族」や
「祖国」といった言葉に対する彼らの意識だった。

　私とは違って、当時彼らは「民族」や「祖国」の言葉にあまりにも
興味を示さなかった。さらにいえば、私が知っているほとんど学生は、
それらの言葉をタブーとして考えていた。留学していたころの私は、
「民族」のため、「祖国」のため、自分の命も捨てられると思っていた
が、彼らは全然違った。私のような考え方を持っている人は皆無に等し
かったと思われる。びっくりした。しかし私がびっくりしたのは、実は
彼らのそうした言葉に対する希薄な意識だけではない。ほんとうのこと
を言うと、彼らによって認識させられた私の「民族」や「祖国」への感
情である。自分の持っていた民族観・国家観が、抵抗的ナショナリズム
とはいえ、アジア・太平洋戦争期の日本において横行した民族観・国家
観に似通っているところが多かったのだ。衝撃だった。

　私は1960年代生まれで、1980年代に大学に入った世代だ。この世代
は、国歌である「愛国歌」をだれでも覚えている。いいかえれば、幼い
時から「国歌」を暗唱させられたのである。それだけでなく、「国旗に
対する誓い」なども覚えさせられた。そして「民族」や「祖国」のため
には、自分の尊い命さえも惜しまずに捨てられる人間として育てられ
た。その意味で11年前の韓国、いや今の韓国はアジア・太平洋戦争期に
おける日本と似ているところがないとはいえないだろう。それはおそら
く朝鮮戦争によって民族同士が血を流した経験があったこと、またそれ
によって分断が膠着したことが大きく働いていると考えられる。

　一方、今の日本はどのような社会なのか。アジア・太平洋戦争は1945
年8月15日に終わった。それを「終戦」というか、「敗戦」というかは
ともかくとして、戦後日本は新しい体制を作りだした。藤原帰一(『戦
争を記憶する―広島・ホロコーストと現在』講談社　2001年)の表現を借
りれば、日本は護憲民族主義としての民主主義社会を形作ったのであ

る。天皇は、実際にはそうとは思われないところもないわけではない
が、憲法の定めにより象徴的存在となった(憲法第1条)。その意味で戦
争期の日本と今の日本は、全く違う社会になったかのように見える。し
かし、戦争放棄を定めた「日本国憲法第9条」を変えようとする動き、
また教育憲法といえる「教育基本法」をも改定しようとする今の日本を
みれば、過去と断絶した日本ではなく、連続した日本の姿が浮かびあが
る（「第9条」をめぐる議論がはらんでいる問題については以下を参照
されたい。村井紀「平和憲法と戦後一九条論議への疑問」『国文学』
第51巻5号　学灯社　2006年）。ところが、後述するように、私は一人一
人の日本国民が昨今の日本に歯止めをかけれれると思う。

4

　私は最近、毎朝午前8時15分に起きる。NHKの朝の連続テレビ小説
「純情きらり」を見たいからである。新しい職場の仕事上、夜型になっ
てしまった今の私にとっては、その時間帯に起きることは至難の業だ
が、家内がそのドラマを楽しみにしているから、ドラマの視聴は第一回
目からなんとか続いている。
　このドラマの主人公は有森桜子で、東京音楽学校に入るために、浪
人生活をしながら、師匠である西園寺先生が運営している塾に通ってい
る。ドラマの時代背景はちょうど戦争期の昭和だ。ある日、西園寺先
生は陸軍から軍歌の制作を委託され、悩みに悩んだ末、「皇国の民」
という軍歌を作ることになる。歌が扇動の道具として政治的に悪用され
たのである。
　今の日本は、世界に誇るべき平和憲法のもとで建設された。だから、
短くはなかった日本での生活で、私は日本の良心を信じていた。すなわ
ち、日本によって戦争責任におけるアジア諸国との溝が埋められると確

信していたのである。しかしながら、現実はあまりにも違った。にもかかわらず、私は日本国民を信じたい。なぜなら、先にも言ったように、日本国民は戦時中や戦後における防人歌観に本質主義が働いていたことに気づき、またそうした議論が時代に迎合しやすいことをわかっているからである。さらにいえば、平和のための戦争というものはないことに共感しているからだ。

　一方、アジア諸国、特に韓国と日本との関係改善のために私にできることはなにか。日韓の間には植民地や戦争の記憶といった負の遺産もあるが、それより長い親善交流の歴史も持っている。今必要とされるのはそうした記憶をよみがえらせることではないか。その一つの作業の一環として、私は今年の3月に、上野誠教授の『万葉にみる男の裏切り・女の嫉妬』（NHK出版　2002年）の韓国版を出した。韓国の読者は、その翻訳書を通して1300余年前の人々に出会い、日本列島に住んでいた人たちと共有する部分が少なくないことに気づいたであろう。まさに今、自分が日本人妻である家内と楽しいコミュニケーションを取りあい、それによって境界を越えているように。

　今回の翻訳を皮切りに、人間の普遍性を伝えてくれる日本の古典をこれからも積極的に翻訳したい。自分のためにも、家内のためにも、それから日韓両国の友好のためにも。

02 일본어 원문(2)

이 글은 제2부의 '병사의 노래에 관한 한·일 연구자의 대담'의 일본어 원문(対談 上野誠×朴相鉉)이다.

上野

　日本と韓国でＥメールで対談なんて、天平八年に新羅国に遣わされたいわゆる遣新羅使人が聞いたら、吃驚するでしょうね(『万葉集』巻十五の三五七八～三七二二)。たしかに、日本と韓国は近くなった。ある雑誌に書いておられましたが、朴さんは日本に留学されるとき、日本で殺されるかもしれないというほどの恐怖感を日本に対して持っておられたとか？　その朴さんが、『万葉集』を専攻しようと思ったきっかけは何だったんですか？

朴

　そうですね。私の大学時代、日本文学といえば近現代文学でした。そしてその中でも小説が研究の中心でした。へそ曲がりですかね。人とは違うものがやりたかったのです。そして日本を研究するのであれば、日本文化の源流に遡りたかったのです。それが『万葉集』に興味を持ち始めたきっかけでした。

上野

　朴さんが「へそ曲がり」でよかった(笑)。『万葉集』を研究する優秀な韓国人研究者を確保することができましたから。今、日本文化の源流といわれましたが、確かにそういう見方もできますね。五七五七七の短歌体に、花鳥風月の移ろいと自らの恋心を盛り込むといった歌の形は、万葉の時代にできた。それは、千年続く日本の詩歌の基層文化のようなものになりますからね。だから、「源流」といえないこともない。歌の元祖「日流」？　ところが、それを文字にして伝えられるようになったのは、漢字を学んだからですよね。韓半島では、漢字によって母国語を書き表す「吏読」が早くから始まりますが、万葉仮名のような仮名は、十五世紀のハングルまで下りますよね。私は、日本において仮名の発達した理由を、こう考えます。要するに日本は漢字文化圏の「辺境」なんですよ。しかも、海があるから人の交流は制限される。辺境だったからこそ、独自の仮名文化が生まれたと考えます。日韓は同じ漢字文化圏の一員なんだけど、そういう違いがありますね。韓国の方が、漢字文化圏の優等生だったんですよ。『万葉集』を研究されていて、そういう日韓の漢字文化の違いを感じられたことはありませんか？

朴

　ありますね。先生がご指摘なさったように、日本は漢字文化圏の辺境だったのかもしれません。しかし、そのために仮名といった独自の文字を早い時期に手に入れることができたと思います。そして、日本語でものを考え、表現することができたのです。一方、韓半島の場合は、漢字文化圏の優等生だったせいか、十五世紀になってはじめて独自の文字を得ることとなりました。ハングルが優れた文字であることは確かですが、仮名に比べれば、その歴史はあまりにも浅いです。このような違いがもたらした分野が、例えば翻訳ではないでしょうか。大雑把な言い方になりますが、日本と比べて韓国の翻訳文化が発達していないのも、母国語でものを考え、それを表す歴史が長くないのと関連するのではないかと思います。

上野

　なるほど！　日本では、翻訳こそが学問だったんですよ。江戸時代までは、漢文を解釈したり、翻訳することが学問だったし、明治以降はドイツ語と英語。知識というものは皆外国から入ってくるものだった。それへの反発が国学ですよね。国学者たちは、だから万葉と古事記の研究に没頭した。日本書紀は漢文だからダメなんですよ。明治に入ると、それを国民国家のシンボルの古典にしたんですよね。現在の韓国において、民族や国家のシンボルとなっている古典は何ですか。「郷歌」ですか？　ちなみに、中国の研究者に同じ問いを発すると、そんなものはないといいます。中国は文明の中心ですから、そういうシンボルは、いらないのだといわれて・・・思わず納得してしまいました(笑)。

朴

　そうですね。韓国にも日本の万葉集のように国民的アイデンティティーの形成に貢献した古典はなかったのではないでしょうか。なぜなら、国民国家のシンボルとしての古典を発見する前に、当時の韓国は日本の植民地になってしまったからです。しかし、そこであえていうのであれば、＜アリラン＞のような民謡が人々に民族共同体という観念を持たせたと思われます。

上野

　「まだら牛の子はまだら牛」でしたっけ、「韓民族の子は、韓民族」というメッセージを込めて、一つの民謡が、抗日のシンボルとして歌われていた時代がありますよね。中国の国歌が、田漢作詞の抗日義勇軍歌だったということを知った時のショックは、今でも忘れられません。抗日が国民的アイデンティティ形成の核にあったことを、ようやくここ数年で実感することができるようになりました。それは、韓国や中国の研究者とようやく腹を割って話し合えるようになったからです。僕は、それを関係が成熟してきたからだと、楽観視しているんですが、朴さんはどう思います。楽観視し過ぎかな？
　韓国で研究発表したときのこと、「上野先生は何でも、中国起源にしたがる。もっと、韓半島の古代を見てください！」と強くいわれました。ところが、そのやりとりを聞いていた中国人研究者は、「韓国人研究者の日本文化研究は、何でも韓半島起源にしたがるから困る！」といってきました。古代を語ることは、現代の国民的アイデンティティと深くかかわっていますよね。その時は困りましたが・・・よい体験でした。朴さんは、韓国で『万葉集』を研究する意味をどのように、自分

の心の中で位置づけられているのですか?

朴

　まず、最初のご質問ですが、上野先生のご意見に同感です。その意味で私も腹を割って話します(笑)。実は今の韓国社会も国をまとめるために、反日感情を作り出しているのではないかと思います。それは安倍政権が日本社会をまとめるために、拉致問題をめぐる北朝鮮への国民の感情を利用しているのと似ているかもしれません。歴史問題の政治化、外交問題の政治化ですね。ところが、今や私みたいな人間でも韓国政府の政策に批判ができるほど、韓国社会も成熟してきたんです。

　次のご質問についてです。日韓の間には植民地や戦争の記憶といった負の遺産もありますが、それより長い親善交流の歴史もあります。今必要とされるのはそうした記憶をよみがえらせることではないでしょうか。そのために、私は今韓国で万葉集を研究しているのです。なぜなら、東アジアが共有した文化を何よりもよく見せてくれるのが、万葉集だからです。

上野

　ううーん。なかなかディープな対談になってきましたね(笑)。つまり、相対化の観念がないと、対話というものは成り立たないということですね。私は韓国に行くと必ず高句麗歴史問題について意見を求められるんですよ。これは中韓に存在する歴史問題ですよね。中韓にだって歴史問題はある。アンコールワットにだって、歴史問題は存在する。独仏間にだってある。政治問題として先鋭化した歴史問題だけを取り上げて、そ

れを対症療法的解決をしようとしてもうまくゆくはずがない。私は成熟した二国間、多国間関係においては、常に歴史問題は発生すると考えています。そのときのために、われわれ研究者にできること何か・・・私は三つあると思う。一つは、客観的データを提供すること。二つ目は、相対的観点を提供すること。三番目は、ホンネで話すことのできる研究者間のパイプを作っておくこと。われわれ研究者が、世の中のお役立てることは、そんなことくらいなのかなぁ(笑)。お役に立てる日のために、精進しなくては――。

　お役に立てる日のための精進ということでは、翻訳という仕事はまさに日々の精進です。韓国語訳の『万葉集』といえば、金思燁訳の『韓訳万葉集古代日本歌集』(成甲書房、一九八四年)が金字塔なんですが、金思燁が使ったテキストを特定されたとか?　私も知りたかったんですよ。

朴

　そうですね。今は推定の域を出ていませんが、近いうちにそれについて検討した結果を活字化しようと思っています。ご質問と関連することですが、韓国ではまだ『万葉集』の韓国版がありません。故金思燁に『韓訳万葉集』があることはあるのですが、これは日本の成甲書房から出版されたもので完訳ではなく、巻十六まで翻訳されたものです。『万葉集』を本格的に翻訳した最初のものだという点で、確かに『韓訳万葉集』の意義は大きいです。しかし、彼は『万葉集』を翻訳するにあたって、何をテキストにしたかを明記していません。翻訳のテキストとして寛永版本が用いられたのか、それとも西本願寺本が使われたのか、翻訳書を見る限り、まったく検討がつきません。つまり、彼には文献学の基礎がなかったと言えるかもしれません。

　そういえば、最近なかなかおもしろいことがわかってきました。韓国で翻訳された日本の古典文学作品や近現代文学作品を二十種類以上検討してみたところ、不思議なほどに、ほとんどの訳書には翻訳に使われたテキストが明らかにされていないということです。このことは、訳者がテキストの重要性を全く知らずに、翻訳という行為を行っていることをあらわすのではないでしょうか。さらにいえば、韓国で日本学をやっている研究者には文献学の知識がないことを物語っているのではないでしょうか。

上野

　なかなか厳しい目で見ていますね。たしかに、金思燁は特定のテキストを決めずに、注釈書を総合して訳文を作ったかもしれませんね。外国の文献を紹介することが仕事の紹介者は、テキストには無関心ですよね。実はそれは日本でも、同じでした。ところが、留学して研究者となって帰国した人が増えてくると、そういった問題はなくなってきます。最近の魯迅研究では、魯迅は欧米の文献を日本語訳で読んで、紹介していたことがわかってきたようです。金思燁は啓蒙期の紹介者だった、と思います。ある意味で、啓蒙期の研究者は、「何でも屋」にならざるを得ないのですよ。

朴

　韓国でもおそらく魯迅のような啓蒙的知識人が少なくないだろうと思われますが、翻訳のレベルでそれより深刻な問題があります。重訳がそれです。たとえば、ルース・ベネディクトには『菊と刀』という名著が

ありますね。韓国でもその訳書が何冊かありますが、そのほとんどが日本語の重訳です。辛いなことに、翻訳における日本語重訳の問題が最近になってやっと指摘されるようになりました。

上野

なるほど、そういう問題があるんだ。『菊と刀』も翻訳された当時では、重訳でもよかったんでしょうが、それが検証される時代になってきたのですね。そういう重訳に対する反省が起こっているのですね。日本の学者の講義も、外国の種本があるのですが・・・、韓国ではそれが厳しく問われているわけですね。

しかし、現在の韓国の日本文化研究はすごい！ 日本で学んだ優秀な研究者が、続々と帰国して、韓国の日本研究は活況を呈していると思います。その中でも、エースが、朴さんです。実は、朴さんの家持の論文を読んで、私の著書と論文の韓国語訳を託すのは・・・この人しかいない、と直感しました。その後、ずいぶんお世話になっています。今年は、私の『万葉に見る男の裏切り・女の嫉妬』(ＮＨＫ出版、二〇〇二年)を訳してもらいましたね。この本は万葉びとの喜怒哀楽の背後にある論理のようなものを私なりに考えた本ですが、韓国の方々はどういう感想を読後にもたれましたか？ 聞いてみたいな？

朴

昨年の三月に私は上野先生の著書『万葉に見る男の裏切り・女の嫉妬』の韓国版を出させていただきました(韓国版のタイトルは『千年の恋歌 万葉集』)。そして読者の感想を聞いてみたところ、日本文学の研究

者の場合は口をそろえておもしろい内容で、しかも読みやすかったと言っていました。一方、一般の方々の場合はやや難しかったという反応が返ってきました。それは普通の韓国人がまだ日本の歴史や文化に慣れていないからだと思われます。なぜなら、「何が難しかったのですか」と聞いてみたところ、多くの人々が人名、地名、歴史的な出来事などを挙げているからです。

　上野先生の本の韓国版はその意義が大きいと思います。それはまず、今まで万葉集をわかりやすく紹介した本が皆無に等しかったこと、それから上野先生の著書を通して、多くの読者が古代の東アジアが文化を共有したことを実感したからです。これからも『万葉に見る男の裏切り・女の嫉妬』のような本を数多く翻訳できたらと思っている次第です。

上野

　何人かの韓国人研究者に金思燁の翻訳について尋ねたのですが、今の研究水準からいえば、問題だということらしいですね。ぜひ、新しく全訳を作ってくださいよ。

　実は、私はドラマ「チャングムの誓い」の熱狂的ファンなんですよ。中国でも大評判のようですね。ところが、日本人は情に重きをおいて一つの愛情の物語として見ているが、中国人は戦って人生を切り開く出世物語として見ているそうです。しかし、実際はその二つの側面をこのドラマは持っていますよね。だから、見方は違うのだけれど、重要なことは自分で感じることだと思うんですよ。そうしないと身近なものにならない。

　実は「おしん」というドラマが、二十年以上も前にアジアで大ヒットしたことがあるんですが、これが日本を身近に感じるきっかけとなったようです。しっかりとした学問的裏付けがあり、なおかつ心の機微を伝

える大胆な意訳が今必要だと思います。ところで、朴さんが一番好きな万葉歌は何ですか？それと韓国の方が好きそうな歌は、どの歌になると予想されますか？

朴

万葉集の中には秀歌が数え切れないほどありますが、私個人的には「韓衣 裾に取り付き 泣く子ら 置きてそ来ぬや 母なしにして」（巻二十の四四〇一）といった防人歌が好きです。母もいない子供を故郷においたまま、任地に向わざるを得ない父の切実な気持ちが伝わってくるからです。

日本と違って、韓国はいまだに徴兵制ですね。軍隊に行くのは義務なのです。したがって、一部の例外を除けば、男性なら誰でも家族や恋人と離れる経験を強いられます。また一方で、残された家族や恋人も同じ悲しみを味わわざるを得ません。その意味で、防人歌に心を打たれる韓国の読者は少なくないと思われます。

周知のように、万葉集巻二十には防人歌が八十四首も残されています。近いうちに、まずは防人歌八十四首の韓国版を出すつもりです。そこには、歌の原文、読み下し文、韓国語訳を載せ、そして注釈などを行う予定です。

上野

同じく兵役のある台湾の若者も、防人歌をあげることが多いようですね。愛する人への情愛というのは、普遍性のあるテーマなので、文化的背景の異なる人にも理解しやすいテーマですよね。ドナルド・キーンさ

んがいっていましたが、『万葉集』は国際性のある文学だと。防人歌は、家族への情愛をストレートに表現した歌が多いですよね。防人歌を最初に韓国の人びとに紹介するのは、まさに時宜を得ている、と思う。できれば、「鑑賞」「評語」というコーナーもつけて欲しいです。そこには、韓半島の文学も引用して、韓国の読み手により身近な本にして欲しいです。

朴

　ご親切なアドバイス、ありがとうございます。ぜひ「鑑賞」「評語」というコーナーも入れて、防人歌を韓国の読者に紹介したいと思います。

上野

　昨春、慶州に行って、私はいろいろと万葉研究者としてイメージを膨らました。日本の若い万葉研究者に、朴さんはどんな韓国の旅をして欲しいですか。ここを見て欲しいという場所を教えてください。

朴

　そうですね。防人歌が好きな私がお薦めしたいのは、やはり白村江ですね。一九五〇年に勃発した朝鮮戦争が現代の東アジアに大きな影響を残したように、六六三年白村江で唐・新羅連合軍と百済・日本連合軍との間に行われた戦いも、当時の東アジアに大きな影響を及ぼしまし

た。白村江は現在、朝鮮半島の南西部を流れる錦江河口あるいは東津江と推定されるところです。

　また、平城京の文学・万葉集ということでいえば、先生も行かれた慶州も欠かせませんね。特に慶州市仁校洞にある東宮月池（雁鴨池）は古代王権の権力を象徴するものなので、東アジアの古代文化を研究する上でも一度は足を運んでみたほうがいいかもしれませんね。その意味で、私は日本の若い万葉研究者に白村江や慶州をお薦めしたいです。

上野

　韓半島の歴史を見ると、常に陸の脅威と、海の脅威にさらされていますよね。陸は中国、海は倭すなわち日本。防人が東アジアの緊張から生まれた制度であり、その防人たちの歌が『万葉集』に収められている。われわれ日本人はそういう巨視的観点では見ませんよね、防人歌を。今、また緊張感が高まっています。平成の防人歌が生まれるのかなぁ・・・心配です。

　東宮月池（雁鴨池）からは、酒令具が見つかっているでしょ。いろいろな罰ゲームが書いてあるサイコロです。サイコロには「くすぐられても笑わない」とか「歌を歌え」「酒を飲め」「踊りを踊れ」とか、いろいろな命令が書いてある。酒令具を見たときに、『万葉集』の巻十六の世界だと思いました。巻十六の宴席歌は、天平版お座敷遊び集みたいなもんですよ。ちなみに、「お座敷遊び」とは、花柳界に伝わっている遊びのことです。日本でも酒令具を使用した可能性があるではないか、と私は考えています。

　今後の研究課題の一つとなると思いますが、今後は宴や年中行事などの宮廷文化の日韓比較などをしてゆかなくてはなりませんね。韓半島では七夕をチルソクというようですが、『万葉集』にも七夕歌がありま

すしね。もし、日韓の古代文化の研究者で共同研究をするとすれば、どういうテーマがいいと思いますか？

朴

そうですね。私も個人的に日韓における年中行事に興味を持っています。先生もおっしゃったように、七夕は東アジアに共通する節句ですね。でも、ご存知のように、その内容が微妙に違います。中国では天の河を渡っていくのが織女ですが、日本では牽牛です。一方、韓国では烏と鵲によって作られた烏鵲橋の上で、牽牛と織女とが会うのです。

七夕以外にも日韓に共通する節句としては上巳や端午などがありますね。まずは、七夕をはじめ、上巳や端午といった節句を共同研究するのはいかがでしょうか。

上野

そうですね。共同研究の相談は明洞で飲みながらしましょうか？

名残はつきませんが・・・対談の最後に、明日香を訪れて、印象に残っている景色、好きな場所を教えてください。

朴

実は昨年の夏に卒業旅行として学生と共に奈良やその周辺をまわってきました。印象深かった景色は少なくないですが、特に大和三山はよかったです。一方、散策しながら万葉集に歌われた植物を楽しめた飛鳥

歴史公園にももう一度行ってみたいです。

上野

　それでは、次は飛鳥でお花見しましょう。飛鳥歴史公園甘樫丘には、いい桜があるんですよ。甘樫丘の桜のように心に残る対談ありがとうございました。

참고문헌

참고문헌은 국내논저와 일본논저 구분 없이 출판년도 순으로 나열했다. 단, 같은 연도인 경우 국내논저는 가, 나, 다 순으로, 일본논저는 오십음 순으로 나열했다.

橘千蔭,	『万葉集略解』, 国民文庫刊行会, 1911年 2月(단 1812년 첫 간행).	
武田祐吉,	『上代国文学の研究』, 博文館, 1921年.	
契沖,	『万葉集代匠記(精撰本)』, 朝日新聞社, 1926年(단, 1690년 첫 간행).	
折口信夫,	『万葉集研究』, 『古代研究 国文学編』, 1928年.	
鹿持雅澄,	『万葉集古義』, 名著刊行会, 1928年(단, 원고 완성은 1830년-1857년).	
荷田春満,	『万葉集劄記』, 吉川弘文館, 1932年(단, 1736년~1741년 첫 간행).	
鴻巣盛広,	『万葉集全釈』, 広文堂書店, 1935年.	
豊田八十代,	『万葉集総釈』, 楽浪書院, 1935年.	
土屋文明(編),	『万葉集小径』, 三学書房, 1941년.	
相磯貞三,	『防人歌の採集』, 『国学院雑誌』, 国学院大学, 1943年.	
吉野裕,	『防人歌の基礎構造』, 筑摩叢書, 초판 1943年.	
김억,	『鮮訳 愛国百人一首』, 한성도서출판주식회사, 1944년.	
大塚久雄,	『日本社会の史的究明』, 岩波書店, 1947年.	
益田勝実,	『防人等』, 『万葉』第6号, 万葉学会, 1952年.	
窪田空穂,	『万葉集評釈』, 東京堂, 1952年.	
佐佐木信綱,	『評釈万葉集』, 六興出版社, 1954年.	
尾山篤次郎,	『大伴家持の研究』, 平凡社, 1956年.	
吉永登,	『万葉―文学と歴史のあいだ―』, 創元社, 1967年.	
大久保広行,	『文法全解 万葉集』, 旺文社, 초판 1968年.	
伊藤博,	『万葉集の構造と成立』下 수록, 塙書房, 1970年.	
土屋文明(編),	『万葉集私注』, 筑摩書房, 1970年.	
小田村寅二郎(編),	『新輯 日本思想の系譜―文献資料集(下)―』, 時事通信社, 1971年.	
神野志隆光,	『行路死人歌の周辺』, 『柿本人麻呂研究』수록, 塙書房, 1973年.	
身崎寿,	『防人歌試論』, 『万葉』第82号, 万葉学会, 1973年.	
伊藤博,	『万葉集の表現と方法』下 수록, 塙書房, 1976年.	
丸山真男,	김석근(옮김), 『현대정치의 사상과 행동』수록, 한길사, 1977년.	
伊藤博,	『防人歌の抒情』, 『短歌研究』第35巻第2号, 改造社, 1978年.	
前田路子,	『万葉恋歌』, 角川文庫, 1979年.	

身崎寿, 『万葉の歌ことば辞典』, 有斐閣選書, 1982年.
犬養孝, 『万葉のいぶき』, 新潮文庫, 1983年.
川島武宜, 『川島武宜著作集』第十巻 수록, 岩波書店, 1983年.
吉田精一・奥野健男, 유정(옮김), 『현대일본문학사』, 정음사, 1984년.
益田勝実, 「天皇, 昭和そして私」, 『益田勝実の仕事 3』, 1989年.
青木保, 『「日本文化論」の変容戦後日本の文化とアイデンティティ-』,
中央公論社, 1990年.
鶴見俊輔, 『戦時期日本の精神史 一九三一~一九四五』, 岩波書店, 1991年.
安田浩, 「近代日本における『民族』観念の形成―国民・臣民・民族―」,
『思想と現代』31号, 白石書店, 1992年.
鶴久・森山隆(編), 『万葉集』, おうふう, 1995年.
小島憲之・木下正俊・東野治之(校注・訳),
『新編日本古典文学全集万葉集』, 小学館, 1996年.
品田悦一, 『万葉集がわかる。』, 朝日新聞社, 1998年.
中西進, 『万葉集がわかる。』, 朝日新聞社, 1998年.
品田悦一, 『創造された古典:カノン形成 国民国家 日本文学』, 新曜社, 1999年.
新谷正雄, 「万葉羈旅歌に見る『斎ひ』をめぐって」,『国語と国文学』,
東京大学国語国文学会, 1999年.
亀井秀雄, 「日本文学における戦争と戦後―伊藤整の場合―」, 『일본어문학』
제10집, 한국일본어문학회, 2001년.
品田悦一, 『万葉集の発明: 国民国家と文化装置としての古典』, 新曜社, 2001年.
藤原帰一, 『戦争を記憶する. 広島・小ロコーストと現在』, 講談社, 2001年.
上野誠, 『万葉にみる男の裏切り・女の嫉妬』, NHK出版, 2002年.
田中彰, 『소일본주의―일본의 근대를 다시 읽는다』, 소화, 2002년.
安田敏朗, 『国文学の時空―久松潜一と日本文化論―』, 三元社, 2002年.
김사엽전집 편집부, 『김사엽전집』(전32권), 박이정, 2004년.
박상현, 「사키모리노래의 서정세계―'이하후를 중심으로'―」, 『일어일문학
연구』 제49집, 한국일어일문학회, 2004년.
品田悦一, 「東歌・防人歌論」, 『セミナー万葉の歌人と作品』第11巻, 和泉書院,
2005年.
朴相鉉, 『国文学 解釈と教材の研究』, 学灯社, 2006年.
윤상인, 「국민속의 『마음』- 국민국가에 있어 정전이란 무엇인가」,
『'일본'의 발명과 근대』, 이산, 2006년.
朴相鉉, 『明日香風』, 飛鳥保存財団, 2007年.
박상현, 『일본인의 사랑의 문화사』, 제이앤씨, 2008년.

찾아보기

ㄱ

가와시마 타케요시 …………… 51
가치중립적 …………………… 57
개번 매코맥 ………………… 103
견신라사 …………………… 105
고노시 타카미쓰 ……………… 78
고사기 ………………… 52, 70
고전문학 ……………………… 52
공감 …………………………… 69
공감적 관계 …………………… 79
관영판본 …………………… 111
교본만엽집 …………………… 15
교육기본법 …………………… 98
구술 …………………………… 55
국가 ………………………… 101
국가주의 …………………… 100
국학 …………………… 61, 70
국화와 칼 …………………… 112
군인칙유 ……………………… 30
근대의 초극 …………………… 52
기본적인 성격 ………………… 57
김사엽 ……………………… 110
김사엽전집 ………………… 111
김억 …………………………… 33

ㄴ

나・당연합군 ……………… 117
나쓰메 소세키 ………………… 37
내셔널 아이덴티티 …………… 53
노신 ………………………… 112
농민군 ………………………… 19
누사 …………………………… 83

ㄷ

다자이 오사무 ………………… 47
다치바나노 나라마로 ………… 21
다케우치 요시미 ……………… 53
단가 …………………………… 93
단오 ………………………… 118
대일본제국헌법 ……………… 47
도널드킹 …………………… 116
동북아시아 ………………… 114

ㄹ

루스 베네딕트 ……………… 102

ㅁ

마루야마 마사오 ……………… 51
마스다 카쓰미 ………………… 38
마음 …………………………… 38
만엽가나 …………………… 106
『만엽집』 ……………………… 15
명명 …………………………… 57
목욕재계 ……………………… 79
문자화 ………………………… 55
문학(화) 연구 ………………… 57
문화적 아이덴티티 …………… 37
미사키 히사시 ………………… 42
미시마 유키오 ………………… 46
미우라 아야코 ………………… 50
민족 ………………………… 101

ㅂ

반핵·비핵 ……………………………… 48
발견 ……………………………………… 108
백(촌)강 전투 …………………………… 16
번역 ……………………………… 104, 108
번역문화 ………………………………… 107
병부소보 ………………………………… 62
병사 ……………………………………… 17
병사의 노래 …………………………… 18
병사의 임기 …………………………… 67
본질주의 ………………………………… 104
비평 행위 ……………………………… 21

ㅅ

사카이 나오키 ………………………… 103
사키모리 ………………………………… 17
사회적 결정성 ………………………… 58
사회주의 ………………………………… 42
상 ………………………………………… 67
상사 ……………………………………… 118
서두수 …………………………………… 37
서본원사본 ……………………………… 111
서정 세계 ……………………………… 77
선택과 배제 …………………………… 57
소일본주의 ……………………………… 36
쇼와 ……………………………………… 95
순정키라리 ……………………………… 103
스미요시 신사 ………………………… 67
시나다 요시카즈 ……………………… 32
식민지 …………………………………… 46
신타니 마사오 ………………………… 81
심상과용 ………………………………… 32
15년 전쟁기 …………………………… 27
쓰쿠시 …………………………………… 17

ㅇ

아베 정권 ……………………………… 109
아스카 …………………………………… 119
아시아·태평양전쟁기 ………………… 13

아오키 타모쓰 ………………………… 51
아즈마 지방 …………………………… 17
애국백인일수 …………………………… 33
야마토 정권 …………………………… 23
야마토삼산 ……………………………… 119
야스다 토시아키 ……………………… 52
여행 ……………………………………… 39
여행자 …………………………………… 78
역사문제 ………………………………… 110
역사적 인식 …………………………… 54
역코스 …………………………………… 47
연구사 …………………………………… 13
연중행사 ………………………………… 118
오싱 ……………………………………… 114
오쓰카 히사오 ………………………… 51
오에 겐자부로오 ……………………… 48
오토모노 야카모치 …………………… 15
요시노 유타카 ………………………… 23
욕망 ……………………………………… 31
우에노 마코토 ………………………… 105
이데올로기 ……………………………… 90
이미지 …………………………………… 99
이수하 …………………………………… 85
이하후 …………………………………… 78
익찬체제 ………………………………… 96
인간의 보편성 ………………………… 104
인식 ……………………………………… 75
일본국헌법 ……………………………… 47
일본국헌법 제9조 ……………………… 98
일본서기 ………………………… 17, 52

ㅈ

장가작품 ………………………………… 62
전쟁 종결 ……………………………… 46
전통 ……………………………………… 93
전향 ……………………………………… 47
전황의 인간선언 ……………………… 47
전후 민주주의 ………………………… 48, 54
전후의 재해석 ………………………… 54

정치성 ································· 62
정치적 ································· 57
조 ····································· 17
조국 ·································· 101
조선어역 애국백인일수 ············· 33
졸렬한 노래 ························· 19
종전 ···························· 22, 102
주령구 ······························ 117
주석서 ································· 29
주술적 ································· 78
주장정 ································· 18
중역의 문제 ························ 113
징병제 ·························· 31, 115

ㅊ

차이 ····························· 57, 90
창조된 고전 ························· 52
천년의 연가 만엽집 ················ 104
천황제 이데올로기 ·················· 49
천황제(국체) ······················· 47
추상적 경험주의자 ·················· 91
충군애국 ······························ 98
칙찬집 ································· 15
칠석 ································· 118

ㅌ

탈자설 ································· 86
텍스트 ······························ 112
통합 ··································· 36

ㅍ

패전 ···························· 22, 102
평성경 ······························ 117
평화헌법 ······························ 48
폭력 ··································· 57
폭력의 세기 ························· 36
프로파간다 ··························· 35

ㅎ

하이쿠 ································· 93
한글 ································· 107
한역만엽집 고대일본가집 ········· 110
한자·가나혼합문 ·················· 115
한자문화권 ·························· 107
항일의용군가 ······················ 108
해방 ··································· 46
해석의 정치학 ······················ 61
호헌민족주의 ······················· 48
홋카이도 ···························· 101
화장 ··································· 18
황국의 신민 ······················· 103
후지와라 키이치 ···················· 48

●●●●●
저자소개

　저자인 박상현朴相鉉은, 일본 홋카이도北海道대학교에서 일본문화학(고전시가 및 고전문헌학) 전공으로 문학박사 학위를 취득했고, 현재 경희사이버대학교 일본학과에 재직하고 있다.

　주요 논문으로는 「천황에 충성을 다짐하는 병사防人의 노래- 그 전통의 창출과 폐기, 그리고 재창출의 가능성」(『일본학보』제59집, 2004년 6월), 「공감적 관계의 표현원리」(『일어일문학연구』제58집, 2006년 8월), 「규슈 해안도서와 전쟁문학」(『동아시아고대학』제15집, 2007년 6월), 「한역만엽집의 텍스트 연구」(『동아시아고대학』제17집, 2008년 6월), 「만엽집초역의 텍스트 연구」(『일어일문학연구』제67집, 2008년 11월), 「식민주의와 변역」(『일본연구』제26집, 2009년 2월), 「김억의 『만엽집초역』연구」(『일본어문학』제40집, 2009년 3월)등이 있다.

　저서로는 『키워드로 읽는 일본문화 2-스모부인과 벤토부인』(공저, 글로세움, 2003년 12월), 『만엽집과 정치성』(제이앤씨, 2004년 9월), 『동양의 고전을 읽는다 3-문학상』(공저, 휴머니스트, 2006년 7월), 『일본인의 사랑의 문화사』(제이앤씨, 2008년 4월)가 있다.

　역서로는 『천년의 연가, 만엽집』(제이앤씨, 2006년 3월), 『한일교섭-청구권문제연구』(공역, 선인, 2008년 7월)가 있다.

해석의 정치학
- '병사의 노래' 연구사 비판 -

초판인쇄 2009년 3월 9일
초판발행 2009년 3월 18일

저자 박상현朴相鉉
발행 제이앤씨
등록 제7-220호

우편주소 서울시 도봉구 창동 624-1 현대홈시티 102-1206
대표전화 (02)992-3253
팩시밀리 (02)991-1285
전자우편 jncbook@hanmail.net
홈페이지 http://www.jncbook.co.kr

책임편집 이혜영

ISBN 978-89-5668-696-7 93830   정가 11,000원